現代に生きる夏目漱石

伊藤　美喜雄

《目次》

はじめに

二〇一六年は夏目漱石（一八六七〜一九一六）没後《ぼつご》百年、二〇一七年は生誕百五十年である。知の巨人、文豪夏目漱石は時代を超えて人間的にも文学的にも多くの人々に多大な影響を与えてきた。多数の人との交流があり、文人たちとの人脈が太く、強い影響力を持っている。漱石の人となりや人脈については、拙著『夏目漱石の実像と人脈――ゆらぎの時代を生きた漱石』（花伝社）で、東北、特に山形との関わりが多くあることを明らかにした。山形県庄内地方の鶴岡市を中心とする文人たちとの関わりや影響をさらに調べると、高山樗牛《たかやまちょぎゅう》はじめ、丸谷才一《まるやさいいち》、藤沢周平らに影響を及ぼしている。そして、二〇〇六年から毎年ノーベル文学賞有力候補にあがる現代作家村上春樹にも強い影響を与えていることも分かった。漱石は現代に生きている。

小説家、評論家の丸谷才一を知らない人は少ないであろう。丸谷才一は山形県鶴岡市生まれで、数多くの文学賞を受賞している作家である。筆者は同郷で高校の大先輩である丸谷才一に残念ながらお会いしたことはないが、著作物をとおして英語教師で夏目漱石研究もしていることを知り、親近感を持つようになった。自由な漱石論などを書く文芸評論家として、さらに、挨拶文学や新聞の書評家・コラムニストとして異彩を放つ彼に惹かれた。その丸谷才一が現代に生きる漱石の懸け橋になっている。

本書では、現代社会や現代医学との関わりで夏目漱石の狂気の謎や死生観に迫り、漱石の苦悩・葛藤しつつも、自殺せず生き抜く姿を浮き彫りにする。また、明治、大正、昭和、平成の作家たちとの関係性をさぐり、丸谷才一を軸に、村上春樹らへの漱石の影響と作品の類似性について論及し、漱石の現代性をクローズアップする。丸谷才一、彼が高く評価する同郷の藤沢周平と現代作家村上春樹については、小伝としてまとめ作家論とする。夏目漱石、丸谷才一や藤沢周平の俳句と現代英語俳句にも触れている。本書で夏目漱石、丸谷才一、藤沢周平、村上春樹をまるかじりすることができ、現代の若者やビジネスパースンが生き方や文章の読み方・書き方のヒントを得ることもできるであろう。

第一部　現代に生きる夏目漱石

第一章　漱石の狂気の謎と死生観

1　作家とうつ病・精神病

高学歴で知力が高い人や作家が気分障害・うつ病や精神病・精神疾患にかかりやすく、自殺する人も多いというが本当だろうか？

夏目漱石、川端康成、芥川龍之介、太宰治、三島由紀夫らは東京帝国大学入学で、うつ病や精神病などを患っていた。夏目漱石（一八六七〜一九一六）は東京帝国大学英文科卒業、「神経衰弱」・躁《そう》うつ病（双極性障害）。漱石の門弟で『羅生門』や『鼻』などの作家芥川龍之介（一八九二〜一九二七）は、東京帝国大学文科大学英文学科を二十人中二番の成績で卒業し、精神分裂病（統合失調症）で「『自分の精神が分裂して行くのが感じ取れる』というはっきりした不安」を持ち、自殺。『伊豆の踊り子』や『雪国』などの作家川端康成（一八九九〜一九七二）は東京帝国大学国文学科卒業、ノーベル文学賞受賞者で、精神疾患・精神科を受診し、母親も精神病、そして、自殺。『斜陽』や『人間失格』などの作家太宰治（一九〇九〜一九四八）は東京帝国大学仏文科中退、自己愛性パーソナリティ障害とみられ、愛人と入水《じゅすい》自殺。『潮騒』や『金閣寺』などの作家三島由紀夫（一九二五〜一九七〇）も東京大学法学部卒業、自己愛性パーソナリティ障害で、自害。さらに、『或る女』や『カインの末裔』、『生れ出づる悩み』などの作家有島武郎（一八七八〜一九二三）は現・北海道大学農学部卒、米名門ハーバード大学中退でうつ病、愛人と心中自殺。外国でも、『武器よさらば』や『老人と海』などのアメリカの作家アーネスト・ヘミングウェイ（一八九九〜一九六一）はノーベル文学賞受賞者で精神病院通院、電気ショック療法経験、そして、自殺。ウィンストン・レナード・スペンサー＝チャーチル（一八七四〜一九六五）は第二次世界大戦を勝利へ導いたイギリスの首相で、ノーベル文学賞受賞者でもあり、二〇〇二年に英国の「誰が最も偉大な英国人か」というBBCの投票で一位に選ばれた。彼も父親と同じくうつ病。

2　漱石の「狂気」の謎と「精神疾患」

現代日本では、これまでの「四大疾病《しっぺい》」がん、脳卒中、心臓病、糖尿病に加え、精神疾患が加わり「五大疾病」となった。精神疾患とは、うつ病や不安障害に代表される様々な疾病の総称である。ストレスの多い現代社会では、職場でのうつ病や高齢化に伴う認知症の患者数が年々増加し、メンタルヘルス対策の充実・強化を図る必要がある。

漱石に何らかの「狂気」があったことは一般的にはあまり知られていない。しかし、専門家や研究者の間では広く知られている。その「狂気」の正体は何であったのか？　病跡学や精神病理学の専門家の意見が、「非定型の躁鬱《そううつ》病」（中川秀三）、「病状は分裂病だが、周期的なところは躁鬱病」（高良《こうら》武久）、「混合精神病」（西丸四方）、「精神分裂病圏の病気」（荻野恒一）、「内因性うつ病」（千谷七郎、加賀乙彦）などと数多くある。漱石一人の病状に関して、様々な病名が並べられ謎になっている。

漱石の病気についてはこれまで多くの研究があり、統合失調症説や気分障害（うつ病・躁うつ病）説がある。森田正馬の高弟で森田療法の継承者・高良《こうら》武久《たけひさ》（注1）によれば、漱石の生涯の中で間歇《かんけつ》的に被害関係妄想が出現した時期があるという。最初は大学卒業の頃で、通院していた眼科の待合室で見初めた女性を嫁にもらいたいと思っていたが、先方から縁談があったのに兄が勝手に断ったと思い込んで血相を変えて兄に怒鳴ったということがあった。三十四歳で英国留学した時には、下宿の主婦姉妹が親切にしてくれるが陰で悪口を言い探偵のように監視してつけ狙っているという妄想が出現し、文部省には白紙の研究報告書を送り、閉じこもり泣いてばかりいたという。日本に帰国直後、火鉢の縁に銅貨がのっていたという些細なことから妄想を抱き、長女の筆子を殴るということもあった。無性に癇癪《かんしゃく》を起こして手当たり次第に物を投げ散らかす、家族に怒鳴る、女中を追い出すことがあり、家の向かいの下宿に住んでいる学生を「探偵」と確信して大声で怒鳴ることもあったという。しかし、そうした妄想に左右された行動がみられた時期でも創作活動は続いていたし、長期的にみて感情鈍麻もないので統合失調症とは言いがたいという。実生活では鏡子夫人が、「同情心が強く、困っている人は放っておけなかった」と漱石のやさしさを回想している。高良は著書で「気むずかしく神経質な反面、人情に厚く、人の世話をしたり、弟子を集めて喜んでいるところがある」とし、「病状はだいたい分裂病（統合失調症）的であるが、周期的発作が循環病（躁うつ病・双極性障害）の趣をもっている」としている。漱石の性格を「分裂性の鋭利、深刻、理想、過敏な良心があるとともに、一方循環性の温かい人間的理解、広い多方面の趣味、現実に対する実際的関心があって、彼の人格の幅を広くしているもののようである」とまとめている。

神経質性格でも内向的で敏感な分裂気質と、人から好かれようとする循環気質の混合した性格と見える場合がある。また、神経質の中でも特に対人恐怖症で他の人が自分をどう思っているかを忖度《そんたく》する関係妄想性を帯びている場合がある。高良の見解のとおり、漱石は、英国で自ら「神経衰弱」であると表現したように、神経質で対人恐怖症に近い性格の持ち主だったのではないかと考える。

判断基準となる『漱石の思い出』の中で説明されている症状に既存の病名をそのまま当てはめれば、誰もが間違いなく「精神分裂病（統合失調症）」という病名をつけるであろう。実際、漱石には統合失調症の初期症状が出現していた。しかし、「精神分裂病圏の病気」といった段階に止まっている。「天才と狂気は紙一重」ということわざは、まさしく漱石の場合にも当てはまる。

（注1）高良武久（一八九九～一九九六）の著書『神経質と性格学』（白揚社、一九九八）のⅢ章「天才と異常性格」の「天才と狂人の間」に夏目漱石に関する記載がある。

3　漱石の「ひきこもり」、「躁《そう》うつ病」、「幼児・児童虐待」、「DV」

(1) 漱石の「ひきこもり」、「躁うつ病」

仕事にも就かず、学校にも行かず日々を過ごす若者の「ひきこもり」が日本の社会に蔓延《まんえん》しつつある。人間関係や職場の悩み（いじめなど）などが原因で「ひきこもり」を選ぶという。また、最近の傾向として、「従来型のうつ病」（中年に多く自分を過度に責める）とは異なる「現代型うつ病」（二・三〇代に多く他人を責める）を発症するケースが多くみられるという。

漱石の「躁《そう》うつ病」（双極性障害）疑惑が高い根拠の一つとして、引っ越し魔であったことがあげられる。家庭の事情で幼少時から養子に出され、小学校から何度も転校を繰り返し、不本意ながら行き先が定まらない状態が続いた。

漱石が初めて自ら気分転換のための遠方へ引っ越したのは、教師の職を得て愛媛県松山であった。躁うつ病患者が自ら何の病気かわからない時点で、引っ越すと気分転換になると引っ越しを繰り返すのとよく似た行動を繰り返している。鏡子夫人と結婚し、四年三ヵ月暮らした熊本だけでも六回も転居しているし、英国留学中にも下宿を五ヵ所も転々としている。東京へ戻ってからもすべて借家住まいで、転居と転地療養を繰り返している。病んでいる自覚はあったため、引っ越し自体も転地療養のうちととらえて、自分の持家など持ってしまったら引っ越したくなっても引っ越せなくなるからと、意図的に漱石は家を建てたりしなかったのだろうか？

漱石の神経衰弱は、思いつめる天性の性格からくるもので、官費留学生という精神的圧迫と、英文を「読めても話せない」という状況に加え、妻の鏡子へ手紙を書いても返事が来ないことによる孤独感がいっそう強まり、「ひきこもり」がちだった。英国留学中、漱石は八通の手紙を書いているが、鏡子夫人は二通の手紙しか書いていない。

英国留学中、漱石は妻あての手紙に自分が「神経衰弱」で苦しんでいることを記している。神経衰弱（うつ状態）に陥っていることに気づいた漱石は自転車に乗り運動することで気分転換しようとしたが、場所がよくなかった。南仏の太陽光の下でそれをやったなら漱石の意図していたことはもう少しうまくいったかもしれないが、霧の街ロンドンではそれをやってもあまり気は晴れなかっただろう。運動と太陽光を必要としていたが、その両方をロンドンでは得ることは難しく、漱石は気分を変えるために居住環境を変えようと下宿を転々とした。下宿での人間関係の向上を求めていたともいえる。人種差別にも悩んでいたようで、孤独感を感じていた。ロンドンにある程度の数の日本人留学生がいたため、漱石は彼らとは交流していた。一九〇一年（明治三十四）、化学者で「日本の十大発明」のひとつといわれるうま味成分、L‐グルタミン酸ナトリウムの発見者として知られる池田菊苗（一八六四〜一九三六）と二ヵ月間同居することで、それまで不調だった漱石は菊苗からいい刺激を受け、下宿に一人「ひきこもり」、研究に没頭し始め、ようやく落ち着ける場を得た。ところが、今まで付き合いのあった留学生との交流も疎遠になったため、「夏目、発狂」の噂が流された。これを文部省が聞きつけ急遽《きゅうきょ》帰国が命じられ、一九〇三年（明治三十六）に漱石は日本に帰国した。

没頭しはじめた研究を半ばにして帰国を命じられた理由が「夏目、発狂」の噂であるらしいと気づいた頃、漱石はうつ状態になっていて、長い船旅中「うつ病」に陥っていたのではないかと推測できる。長い船旅で休息していた間にエネルギー補充した漱石は、帰国後講師を務めている間、軽い躁《そう》か普段の気分で仕事をしていることが多かったのではないかと思われる。帰国後、第一高等学校と東京帝国大学の講師として外に働きに出ていた時は無遅刻無欠勤状態で、教授や学生たちに精神病の疑いを持たれるような言動はなかった。しかし、帰国してからも漱石は神経衰弱のことは自覚していた。

「帰朝後の余も依然として神経衰弱にして兼狂人のよしなり。親戚のものすら、之を是認するに似たり。親戚のものすら、之を是認する以上は本人たる余の弁解を費やす余地なきを知る。たゞ神経衰弱にして狂人なるが為め、「猫」を草し「漾虚集」を出し、又「鶉籠《うずらかご》」を公けにするを得たりと思へば、余は此神経衰弱と狂気に対して深く感謝の意を表するのは至当なるを信ず」（『文学論』序）

漱石は、ゆらぎと激動の時代うつ病にならないほうがおかしく、神経衰弱で死んだら名誉とまで述べている。

「現下の如き愚なる間違つたる世の中には正しき人でありさへすれば必ず神經衰弱になる事と存候。是から人に逢ふ度に君は神經衰弱かときいて然りと答へたら普通の徳義心ある人間と定める事に致さうと思つてゐる。

今の世に神經衰弱に罹らぬ奴は金持ちの魯鈍ものか、無教育の無良心の徒か左らずば、二十世紀の軽薄に満足するひやうろく玉に候。

もし死ぬならば神經衰弱で死んだら名譽だらうと思ふ」（鈴木三重吉宛書簡、明治三十九年六月六日付）

（2）漱石の「幼児・児童虐待」、「DV」

最近、児童虐待やドメスティックバイオレンス（DV）など、家庭内での心身への暴力が社会的関心を集め、「防止法」までできている。二〇一六年八月、厚生労働省は、二〇一五年度に全国の児童相談所が対応した虐待通告件数が十万三千二百六十件（速報値）と、初めて十万件を超えたことを公表した。子ども虐待に関する統計が初めて取られた一九九〇年の通告件数は千百一件であり、二十五年の時間経過があったとはいえ、百倍にも及ぶ増加は特異である。「幼児・児童虐待」は親から子への世代連鎖が起きることが知られている。実際に乳幼児期に虐待を受けて育った子どもが成長して自分が同じような立場に置かれた時に、今度は自分自身が虐待をする側にまわって子どもたちに暴力を振るうことが起きがちである。つまり、過去に自分が体験した出来事が無意識的に「再現・復元」されてしまう「虐待の世代連鎖」である。早期発見・対応、子育て教育や防止・予防の支援強化が急務である。

漱石は家庭内ではDVがひどかったらしい。現在社会問題になっている「幼児・児童虐待」として捉えた場合、もしかすると漱石は幼児期に同様の虐待を受けていたのではなかろうかと考える。つまり、漱石自身がかつて同様の虐待を受けており、それが繰り返されたのではないだろうか？

現在一般的に発生している幼児・児童虐待と同じことが漱石の場合にも生じていた。つまり、漱石は脳内が怒りのホルモンとされる「ノルアドレナリン」で満たされていた時に、かつて自分自身が体験した虐待を「再現・復元」する行動を取っていた。これは若い母親がカッとなって、頭の中が真っ白になっている状態と同じである。怒りのために我を忘れ、前後の見境さえつかなくなる状態である。ここには、まだ解明されていない何らかの心的メカニズムが存在するものと考えられる。それはミラーニューロンに蓄積されている記憶と、今現在の自分の感情とを直結するシステムであり、発生した感情により人の行動がコントロールされるメカニズムであるという。

漱石は、頭の中がそのような状態になっていた時に、火鉢の前に座っていた長女の筆子をひっぱたくという例の五厘銭事件を起こした。

「長女の筆子が火鉢の向こう側にすわっておりますと、どうしたのか火鉢の平べったいふちの上に五厘銭が一つのせてありました。ふとそれを見ますと、（略）いきなりぴしゃりとなぐったものです。何が何やらさっぱりわかりません」（『漱石の思い出』十七　帰朝）

また、同様に次男の伸六に顔を赤くして怒ってステッキで殴打し、恐怖感を与えた事件もある。

「私は思わず兄と同様、父の二重外套《まわし》の袖の下に隠れようとした。『馬鹿っ』その瞬間、私は突然怖ろしい父の怒号を耳にした。が、はっとした時には、私はすでに父の一撃を割れるように頭にくらって、湿った地面の上に打倒《ぶったお》れていた。その私を、父は下駄ばきのままで踏む、蹴る、頭といわず足といわず、手に持ったステッキを滅茶苦茶に振り回して、私の全身へ打ちおろす」（『父・夏目漱石』夏目伸六著　文春文庫「父の日記と子ども達」）

そこで漱石の誕生から、幼年期、少年期までを調べてみると、次のような状況下で育ったことが分かる。

①漱石は、一九六七年（慶応三年）二月九日。父の小兵衛直克が五十歳。母のちゑが四十一歳の時生まれ、金之助と命名される。生まれてすぐに（推定、同年二月十五日）、四谷の古道具屋（一説に八百屋）に里子に出される。〈満〇歳〉

②一八六八年（明治元年）十一月　夏目の家に書生をしていた塩原昌之助《しょうのすけ》（二十八歳）・やす（二十八歳）夫婦の養子となる。〈推定〉一歳九ヵ月〉

③一八七〇年（明治三年）この年受けた種痘が原因で天然痘に罹る。〈推定〉三歳〉

④一八七四年（明治七年）一月　養父母の間に不和が生じる。〈六歳〉

⑤同　年　　四月　養母のやすが金之助をつれて別居する。〈七歳〉

⑥同　年　　十二月　養父母が離縁となり、金之助は養父の昌之助と日根野かつ（二十八歳）の許に引き取られる。そこにはかつの連れ子で、一歳年上の娘、れんがいた。〈七歳〉

⑦一八七五年（明治八年）十二月　塩原姓のまま夏目家に戻る。〈八歳〉

以上のように、漱石・夏目金之助は高齢の夫婦の末《すえ》っ子で恥かきっ子という境遇に生まれ、母親に乳が出なかったことから、生まれてすぐに里子に出された。そのあたりの経緯が、『硝子戸《がらすど》の中《うち》』（二十九）に記されている。

「私は両親の晩年になってできたいわゆる末《すえ》っ子《こ》である。私を生んだ時、母はこんな年歯《とし》をして懐妊《かいにん》するのは面目《めんぼく》ないと云《い》ったとかいう話が、今でも折々は繰《く》り返されている。

単にそのためばかりでもあるまいが、私の両親は私が生まれ落ちると間もなく、私を里にやってしまった。その里というのは、無論私の記憶に残っているはずがないけれども、成人の後《のち》聞いて見ると、何でも古道具の売買を渡《と》世《せい》にしていた貧しい夫婦ものであったらしい。

私はその道具屋の我楽多《がらくた》といっしょに、小さい笊《ざる》の中に入れられて、毎晩四谷《よつや》の大通りの夜店に曝《さら》されていたのである。それをある晩私の姉が何かのついでにそこを通りかかった時見つけて、可哀想《かわいそう》とでも思ったのだろう、懐《ふところ》へ入れて宅《うち》へ連れて来たが、私はその夜どうしても寝つかずに、とうとう一晩中泣き続けに泣いたとかいうので、姉は大《おお》いに父から叱《しか》られたそうである」（『硝子戸の中』二十九）

漱石は乳離れした後、一旦、里親の古道具屋から実家に戻される。その後、今度は塩原昌之助の所に養子に出され、最終的に八歳で夏目家に戻ることになるまでの状況が『漱石の思い出』（七　養子に行った話）に記されている。

以上のように、漱石の乳幼児期は不遇で波瀾万丈であった。そして、生まれてすぐに里子に出されていた期間を別とすれば、幼児期の漱石に最も強い影響を与えたのが養父母で、夫婦げんかが絶えなかった塩原夫婦。特に養母の塩原やすという女性である。この女性がどのような人物であったかを調べることにより、漱石の幼児期のトラウマ体験を探ってみると、漱石の「狂気」と言われるものが、今日大きな社会問題になっている「幼児・児童虐待」と同様のメカニズムで発生したという裏付けにもなる。

塩原やすという女性に関しては、伝記などの形で詳しい資料が残されているわけではない。しかし、この女性は漱石の作品『道草』の中で、島田の妻・御常として登場している。


「島田は吝嗇《りんしょく》な男であった。妻の御常は島田よりも猶《なお》吝嗇であった。『爪に火を点すってえのは、あの事だね』彼が実家に帰ってから後、こんな評が時々彼の耳に入った。然《しか》し当時の彼は、御常が長火鉢の傍《そば》へ坐って、下女に味噌汁《おつけ》をよそって遣るのを何の気もなく眺めていた。『それじゃ何ぼ何でも下女が可哀相だ』彼の実家のものは苦笑した。

御常はまた飯櫃《おはち》や御菜《おかず》の入っている戸棚に、いつでも錠を降ろした。たまに実家の父が訪ねて来ると、きっと蕎麦を取り寄せて食わせた。その時は彼女も健三も同じものを食った。その代り飯時が来ても決して何時《いつ》ものように膳を出さなかった。それを当然のように思っていた健三は、実家へ引き取られてから、間食の上に三度の食事が重なるのを見て、大いに驚いた」(『道草』四十)

これを一読しただけでも、御常という人物がいかに吝嗇、つまりケチであったかが分かる。しかも、「戸棚に、いつでも錠を降ろした」とあるのは、それがやや病的なものであったことを示唆している。同時に、他人が一切信用できないという強い猜疑心があったと考えることができ、他人が信用できないからこそ食品戸棚に施錠が必要になる。また、その強い猜疑心の故に、いずれは夫婦関係の破綻さえ生じさせることになる。しかもこの女性は、非常にウソをつくことか巧みであった。いわゆる渡世技巧と言われるもので、現実の塩原やすという女性の特徴的な性格であった。つまり漱石の母親代わりであった女性は、こういう性格的に片寄りがある人物で。幼年期の漱石はこうした家庭環境で育てられた。

塩原やすという女性が大変なケチだったら、たとえ小銭一枚といえども失くなれば、それこそ血眼になって必死で探したことであろう。そして、その五厘銭を何も知らぬ子どもの漱石がもてあそんでいたとしたら、「ふとそれを見ますと、……いきなりぴしゃりとなぐったものです」という事態が発生したとしてもおかしくはない。例の筆子が帰国直後の漱石に、いきなりぴしゃりと叩かれたという出来事を重ね合わせると、かつて漱石本人に対して実際に行われたのではなかろうかと推測できる。その時の体験がトラウマとなって漱石の記憶の中に残されており、後年、同じ様な状況の下で突然「再現・復元」されたと考えると、漱石の不可解な行動を理解することができる。つまり、かつて漱石自身が受けた「虐待」の体験が、そのまま繰り返されたものであったということである。もう一つの出来事に対しても同様の考え方が成り立つ。夏目伸六が体験した奇怪な出来事も、もしかしたら「狂気」の産物と言うよりは、むしろ過去に漱石自身が受けた「虐待」の「再現・復元」ではなかったかということである。
この観点に立って島田夫婦と子ども時代の漱石の関係を調べてみると、まず養父母となった島田夫婦は前述のとおり大変なケチだった。ところが彼らは、そうした本心とは裏腹に、貰いっ子であった漱石に何でも買い与えていた。その辺りのことが『道草』（四十、四十一）に出てくる、物と金で幼い子どもの関心を引き付けようとしたのだ。しかし彼等のそうした目論見はまったく成功しなかった。そこには幼いながらも、漱石がそうした二人の歪んだ愛情を明白に拒否する姿勢が示されている。島田夫婦から注がれる愛情の裏に、大いなる打算が含まれていることを幼い子どもの漱石はすでに見透かしていた。相手が子どもとみて見くびって接していた二人には、純粋な愛情と打算の含まれた愛情の区別が幼い子につけられるとは夢にも思わなかった。そうした歪んだ愛情を注がれた子どもが、性格的にまともに成長することはない。精神的な発達段階で何らかの心の歪みとなって現れてくる。それは漱石とても例外ではない。そのことが次のような文章で説明されている。

「同時に健三の気質も損なわれた。順良な彼の天性は次第に表面から落ち込んで行った。そうしてその欠陥を補うものは強情の二字に外ならなかった。彼の我儘《わがまま》は日増に募った。自分の好きなものが手に入らないと、往来でも道ばたでも構わずに、すぐ其処へ座り込んで動かなかった。ある時は小僧の背中から彼の髪の毛を力に任せてむしり取った。ある時は神社に放し飼いの鳩をどうしても宅《うち》へ持って帰るのだと主張して已《や》まなかった」（『道草』四十二）

ここには親の愛情に飢えた子どもの心理がそのまま書き記されている。拗《す》ねている子どもたちは、決して欲しいものが手に入らないから強情を張って道ばたに座り込むのではない。我儘《わがまま》を言って親を困らせることで、満たされない欲求を満足させている。本当に欲しいのは両親の純粋な愛情と安心感で、子ども時代の漱石の強情と我儘はこうした背景から生み出されたものである子どもの頃から正義感の強かった漱石には、御常の猜疑心の強い態度に我慢出来なかった。漱石の強情さが強く発揮され、むしろ一徹な正義感となって幼い漱石を突き動かしたものと考えられる。その結果、渡世技巧を弄しながら平然と嘘を吐く御常に対して、そのことを公然と指摘するようになる。これについては『道草』の中に、次のように記されている。

「御常は非常に嘘を吐くことの巧い女であった。それからどんな場合でも、自分に利益があるとさえ見れば、すぐ涙を流す事の出来る重宝な女であった。健三をほんの子どもだと思って気を許していた彼女は、その裏面をすっかり曝露して自から知らなかった。

ある日一人の客と相対して坐っていた御常は、その席で話題に上った甲という女を、傍《はた》で聴いていても聴きづらい程罵《ののし》った。ところがその客が帰ったあとで、甲が偶然彼女を訪ねてきた。すると御常は甲に向かって、そらぞらしいお世辞を使い始めた。遂に、今誰さんとあなたの事を大変誉めていたところだというような不必要な嘘まで吐《つ》いた。健三は腹を立てた。

『あんな嘘を吐いてらあ』

彼は一徹な子どもの正直をそのまま甲の前に披瀝《ひれき》した。甲の帰ったあとで御常は大変に怒った。

『御前と一所にいると顔から火の出るような思いをしなくっちゃならない』

健三は御常の顔から早く火が出れば好い位に感じた」（『道草』四十二）

ここで見逃してならないのは、この時の御常の行動である。自分が吐いた嘘を客がいる前で公然と指摘した漱石に対して、果たして「御前と一所にいると……」といった程度の怒りの発散で済んだだろうか。言葉のやり取りだけで終わったかのように記されている。しかし「甲の帰ったあとで御常は大変に怒った」という状況からすれば、決してそれだけで済まされたとは考えられない。逆上した御常、つまり塩原やすという女性が、顔を赤くして漱石に何らかの「虐待行為」を加えたであろう。これらが夏目伸六が体験した出来事のもとにもなっているのではないかと推察できる。

四女の愛子だけは漱石から叱られたり怒鳴られたりしたことがなかったようだ。「父はこの姉を一番可愛がっていたようである」とあることから、この子に対しては何か特別な感情が働いていたようだ。そのことが「非常に不思議な事実」という言葉で『父・夏目漱石』（夏目伸六著　文春文庫「父の日記と子ども達」）に表現されている。これには何らかの理由があったと考えられる。四女の愛子はこの当時七歳。この七歳という年齢が謎を解く鍵となる。七歳という年齢に関連して思い出されるのは、かつて漱石が養母の塩原やすのところから養父の昌之助の許へ引き取られた時のことだ。そこには日根野かつの連れ子で、一歳年上の娘、れんがいた。この少女は当時八歳だった。漱石は彼女に恋いごころを抱いたといわれることが関係していると考えられる。

基本的に、「躁《そう》」の時は気分が良いが、不眠が続き、思うように気晴らしも出来ないような状況に追い込まれイライラ感がつのってくると、欲求不満と興奮状態になり、手足の発汗や火照りを感じたりすることがある。そういう時、耳や頬が熱く火照った感じがすることがあり、赤くなっている可能性は大である。そんな時には、些細なきっかけがあれば身近な物や人や動物に当たってしまうこともある。そこに至るまで本人は辛抱しているが、何かきっかけとなることが起これば我慢の限界で、たまたまそばにいた人や物に当たってしまう。それを我慢するには自傷行為に走るしかない。漱石の赤い顔をしていた時に苛立って自分の子どもたちにふるった暴力行為は「躁《そう》」が原因であったと思われる。講師として勤めていた間は、基本的に気分は軽躁気味かフラットな状態であったのかもしれないが、自分ではどうにもできないストレスを抱えて我慢の限界が家庭内で爆発してしまったのだろう。

英国から帰国した後の漱石は、かなり短期間で気分の変換が入れ替わるウルトラピッドサイクラータイプの躁うつ病へと病状が変化してしまっていたのだろうか？　赤い顔して人が違ったように暴力行為をした後、ケロッとして何事もなかったかのようにいつも通りのふるまいに戻ったりすることもあった。自分のしたことは覚えているのだが、バツの悪さと言い繕うことのめんどうさから、もしかしたら漱石は逃げてしまっていたのかもしれない。ひと暴れすれば気分はすっきりするので、家でやってしまいたい仕事や執筆活動に取り掛かるのに、家族を犠牲にしてしまったことがあったように思う。家庭内で子どもへの暴力やジャムなどの甘味依存程度でおさまっていたから、漱石の躁うつ病はそれほどひどいものではなかったと思われるが、家族からしてみれば大変だっただろう。漱石の場合、その虐待行為が相手に肉体的な苦痛を与えるものはほとんどなく、主として言葉によるものであった。妻の鏡子も、決して殴られたことは無かった。

当時の職場の一つである一高の学生に藤村操がいて、漱石にやる気のなさを叱責された数日後、華厳の滝に入水《じゅすい》自殺してしまったという事件があった。藤村を叱責した時の漱石は、怒りっぽい時の躁状態であったのかもしれない。その後、漱石は神経衰弱になり、妻子とも七月から約二ヵ月別居したという記録が残っている。教え子を死に追いやってしまったと落ち込んでしまい、うつ状態になったのかもしれない。しかし、翌年一九〇四年（明治三十七）には、漱石は第一高等学校と東京帝国大学の講師以外に新たに明治大学の講師も務めている。うつ状態なら三校もかけもち講師をする気力はないだろうから、妻子と別居してまで充電する必要があったその二ヵ月以外は、漱石は軽躁気味であることが多かったかもしれない。当時、子どもは長女の筆子と二女恒子と帰国後三女栄子が生まれたばかりだった。子ども三人くらいなら経済的には無理に講師の仕事を増やさねばならないほどとは思われないが、躁傾向が強い、やる気があり過ぎる時に明治大学の講師の話が来たのかもしれない。

朝日新聞社に入社して職業作家としての道を歩むことを決めたことで漱石は自分の寿命を縮めた。なぜなら従来は、講師という職業に就いていたおかげで規則正しい生活リズムが乱れることがなかったのと、家にこもりきりになることもなかったから、通勤やその他の移動で適度に「歩く」こともできていただろう。そういう生活を捨てた結果、漱石は自らの寿命を削るようにようにして苦悩しながら書くことになった。楽しみで書く文章ではなく、締切に追われて書く、生活費のための小説原稿。しかも、終わりまで先の長い長編小説の新聞連載であるから完結までは死ぬに死なない。五女雛子の早逝後、子どもはもう出来なかったことと、胃潰瘍と痔の具合がだんだん悪くなっていったことが、漱石をうつに陥らせてしまっていたことを暗に示している。晩年の漱石は「うつ状態」であることが多かったのではないかと思われる。

4　漱石と「胃潰瘍」

漱石は歳を重ねるごとに病気がちとなり、肺結核、トラホーム、神経衰弱、痔、糖尿病、胃潰瘍の持病があった。死因そのものが胃潰瘍だった。潰瘍が悪化して胃壁内部の血管を破断してしまった。直接的な死因は失血死である。医学の発達した現代では考えられない死に方である。漱石は毎年この胃潰瘍のために苦しんでいた。その胃潰瘍は短いものが一年から一年半の周期で、また長いものが三年から四年の周期で連続して発症した。しかも、両者が重なっていた時期もあった。一つが治りきらないうちに、また次の胃潰瘍が発症。そして、その新たな胃潰瘍が発症するたびに、同時に精神的な異常も起きた。

漱石は自分自身の異常な精神状態を表現するのに「不愉快」という言葉を使っている。これは気分的な不愉快を指す言葉ではない。沸き上がって来る「怒り」の感情がまだはっきりとした形を取っていない状態を指す。最近の子どもたちが使う「ムカツク」と同じ意味である。気分的な不愉快ならば、気晴らしに運動などをすれば発散させることができるが、精神的な不愉快には医学的な治療が必要である。

実際に、漱石は「不愉快だから絵を描いた」という。気分的な不愉快は絵を描いても良くならないが、精神的な不愉快には効果がある。漱石は近年多くの精神病院で導入されるようになった「絵画療法」を自ら編み出していた。現代の最先端医療を誰からも教えられずに、自ら開発し、実践していた。先見性のある創造的な生き方の表れである。

「不愉快」という言葉は、漱石に何らかの精神的な異常が発生したことを示すキーワードである。一九〇〇年（明治三十三）十月二十八日から一九〇三年（明治三十五）十二月までの二年間にわたるロンドンでの悲惨《ひさん》な生活を、漱石は

「尤《もっと》も不愉快の二年なり」（『文学論』序）と述べた。この「不愉快」という言葉が最初に使われたのが英国留学のために乗り込んだ船の中だった。この時胃潰瘍も発症しており、それから大正五年十二月九日に亡くなるまで合計十二回の胃潰瘍が連続的に発症し、そのつど精神的な異常が同時に起きていた。胃潰瘍の発症と精神的な異常の発生との関係を年代順に示すと次のとおりである。

①最初の胃潰瘍の発症。英国へ留学するために漱石が乗ったドイツ汽船「プロイセン号」が横浜港を出航したのは、明治三十三年九月八日のことだった。その翌日の晩に漱石は、下痢をしている。食中毒に罹った可能性がある。それから八日後の、明治三十三年九月十七日の日記には次の記述がある。

「昨夜の動揺にて元気なきコト甚し　且つ下痢す　甚だ不愉快なり」

この「不愉快」こそが、何らかの精神的な異常の発生を意味する言葉であり、この時同時に、その原因を作る胃潰瘍が出来ていたということである。ここでは胃の異常を示す言葉は使われていないが、実際は「下痢」の症状の中に含まれていると考えられる。

②二回目の発症は、英国留学中の明治三十四年七月一日のことだった。この日の日記に「近頃非常に不愉快なり　くだらぬ事が気にかかる　神経衰弱かと怪しまる」とある。また、この頃の鏡子宛の手紙には、洋式の食事が合わずに、胃の調子がよくないことが記されている。

③三回目は、明治三十六年一月の、英国からの帰国直後のものである。火鉢の縁の五厘銭をめぐって長女の筆子が、いきなり頬をたたかれたのがこの時である。

④四回目は、同じ年の六月である。『漱石の思い出』には、「六月の梅雨期頃からぐんぐん頭が悪くなって、七月に入ってますます悪くなる一方です」と記されている。

⑤五回目は、明治四十三年『門』執筆中に東京・内幸町の長与胃腸病院で検査を受け、胃潰瘍で入院治療が必要と診断され、六月十八日に入院している。
⑥六回目は、明治四十三年八月、門下生の松根東洋城の勧めで伊豆修善寺に転地療養。胃疾から二十四日大吐血（「修善寺の大患」）。十月帰京し、長与胃腸病院に入院している。
⑦七回目は、明治四十四年である。明治四十四年八月十八日、大阪で講演をした晩に嘔吐・吐血し大阪湯川胃腸病院に入院。また、五女の雛子が一歳半で十一月二十九日に急死し、「自分の胃にヒビが入った」と十二月三日の日記に記している。
⑧八回目は、明治四十五年である。明治四十五年四月十九日、野上豊一郎宛ての書簡に「此二三週間は　又胃に酸が出て（中略）夫に神経もよろしからず閉口」と書いている。
⑨九回目は、大正二年三月からである。連載小説『行人』を執筆中の時に胃潰瘍再発。五月下旬まで自宅で病臥。
⑩十回目は、大正三年九月に胃潰瘍で一ヵ月病臥。
⑪十一回目は、大正四年三月、京都旅行中、胃潰瘍で倒れる。
⑫十二回目は、大正五年十二月九日の死因となる胃潰瘍である。つまり、前の胃潰瘍が治りきらずに何度も再発を繰り返し、遂に胃壁の血管までも破壊してしまった。

現代医学は神経伝達物質に関して、次のようなことを解明している。神経伝達物質とは、神経系を構成する基本単位のニューロンで生産され、ニューロンとニューロンの接合部であるシナプスから放出される低分子の化学物質のことである。神経伝達物質は、標的とする細胞を刺激し、興奮したり抑制させる応答反応を起こす。神経伝達物質としてはノルドレナリン、アドレナリン、アセチルコリン、ドーパミン、セロトニンなどがある。ノルアドレナリンとアドレナリンはともに、副腎髄質から分泌され、その割合は、ノルドレナリン：アドレナリン＝二：八の割合になる。しかし、アドレナリンは副腎髄質でしか合成されないが、ノルアドレナリンは交感神経末端でも合成される。ちなみにノルアドレナリンは、別名「ストレスホルモン」や「怒りのホルモン」とも言われている。人が激怒した時に多量に分泌される物質で、逆に、減少すると鬱状態になる。神経伝達物質はすべて「チロシン」というベンゼン環をもつアミノ酸で出来ている。つまりこれが、前駆物質と呼ばれる原材料にあたる。そして、これは痛み止めの効果を持つ「ベータエンドルィン」の原材料になるだけでなく、「精神分裂病」を引き起こすとされる「ドーパミン」の原料でもある。これらの物質が製造される一連の過程を図式(注1)で示すと次のようになる。

＊アミノ酸「チロシン」→苦痛除去作用「ベータ・エンドルフィン」

＊アミノ酸「チロシン」→「ドーパミン」→「ノルアドレナリン」→メチル化して「アドレナリン」

現代医学は、統合失調症の原因が神経伝達物質の一つである「ドーパミン」が過剰に供給されるためであることを突き止めている。「ドーパミン仮説」といわれるもので、漱石の場合、その「ドーパミン」が過剰に供給され、そうした状態を創り出す何らかの原因があったに違いない。ここに隠された原因によって、漱石の不可解な「狂気」が創り出された。

ところで、漱石になぜこれほど連続して胃潰瘍が発症したのかという点に関して、加藤敏夫(注2)は胃壁に棲み着く細菌「ヘリコバクター・ピロリ」の感染を疑っている。この細菌に感染すると、連続的に胃潰瘍が発症し胃がんの原因になることが分かっている。細菌の周囲が粘膜で覆われているために、酸性の胃の中でも生き続ける。これを治すためには、抗生物質による除菌が必要である。現代広く行われているピロリ菌の除去をしていたら、漱石は胃潰瘍で死ぬことなくもっと長く執筆できていただろう。漱石がこの細菌に感染したのは恐らく、英国留学のために乗り込んだ船、「プロイセン号」の中であろう。漱石は船に乗り込んだ翌日に、下痢をしている。この時に食中毒に罹ったと同時に、胃がんの元凶と言われるピロリ菌にも感染していたと考えると、その後の経緯を合理的に理解できる。

漱石は、自分の胃潰瘍の進行にまったく気がつかないことがあり、実際に嘔吐や血便が出るほどまで悪化してからようやく胃の痛みを訴えたのだ。つまり、胃潰瘍がかなり進行するまで自覚症状が出なかった。しかも、新たな胃潰瘍の発症にはまるで気付かなかった。漱石の場合、新たな胃潰瘍が発症した時の苦痛が自動的に取り除かれていたことになる。つまり、神経伝達物質の一つである「ベータエンドルィン」が、幼児期に漱石が罹った天然痘が原因で自動的に作られていたと加藤敏夫は前述の著書で考えている。これはモルヒネの十数倍もの効力を持つ物質である。この物質が脳内で作られるために、人は苦痛から解放されるという。最初は七転八倒の痛みでも次第にその痛みに慣れるという現象が生じる。漱石の場合は、胃潰瘍の発症と同時に、この物質が自動的に作られていたために、痛みをまったく感じないで済んでいた。しかもこの物質は、精神分裂病の原因物質とされる「ドーパミン」とも大いに関係する物質であるという。ここに漱石の特異な精神異常の謎が隠されている。

漱石の胃潰瘍の症状は、前述したとおり初めのうちは「チロシン」から自動的に作られた痛み止め物質「ベータエンドルィン」によって抑えられていた。本人が初期の胃潰瘍の発症にまったく気がつかなかったのはそのためである。ただ、そのための原材料が豊富に用意されているということは、「ドーパミン」がいくらでも作られる状態にもある。そのために漱石には精神分裂病の初期症状が発生した。また、その「ドーパミン」からストレスや怒りのホルモンとされる「ノルアドレナリン」が自動的に作られたために、顔を真っ赤にして「怒り狂う」とか、「怖い顔」になって荒れ狂ったという事態が出現したのである。しかも漱石はそれによって遠い過去の記憶の中からかつての「幼児・児童虐待」の体験を甦らせたのである。

胃潰瘍がさらに進行すると、痛み止め用の物質を集中して作る必要性が生じ、その結果として、精神分裂病の原因物質である「ドーパミン」や「ノルアドレナリン」が生産されなくなり、精神的な異常も自然に消え去る。妻の鏡子が観察した「胃を悪くすると、どういうわけか頭の具合の悪いのが治った」というのはこのためである。

「そうしてしまいに胃を悪くして床につくと、自然そんなこんなの黒雲も家から消えてしまうのでした。いわば胃の病気がこのあたまの病気の救いのようなものでございました」(『漱石の思い出』 夏目鏡子述、松岡譲筆録 五十一この鏡子の証言は、漱石に「狂気」を出現させたのも、またその「狂気」を消失させたのも、そもそもの原因は連続して発症した胃潰瘍であったということである。以上により、漱石に発生した「狂気」の謎が解けそうである。

しかし、「ドーパミン仮説」に対しては「グルタミン酸仮説」(グルタミン酸(興奮性)やGABA(抑制性)代謝に関わるNMDA受容体機能低下が統合失調症など発症の原因か?)が出されている。どれも仮説であるので謎はまだ解けていない。

(注1) 大木幸介『心がここまでわかってきた』(光文社刊、一九九四)

(注2) 加藤敏夫『漱石の「則天去私」と「明暗」の構造』(リーベル出版社、一九九六)

5 漱石はなぜ自殺しなかったか? 死生観

(1) 漱石の人生の危機

漱石の人生の危機について見ていこう。三歳の時に疱瘡《ほうそう》(天然痘)にかかったが、幸い死なずには済んだ。しかし、頬と鼻の頭に掻き傷の痘痕《あばた》が残ってしまった。

一九一〇年六月、『三四郎』や『それから』に続く作品で、前期三部作の三作目にあたる『門』を執筆中、漱石は胃潰瘍になり入院した。一九一〇年(明治四十三)の八月には伊豆の修善寺で療養している。しかし、伊豆でも更に胃潰瘍になってしまい、そこで大吐血をして漱石は危篤状態におちいる。これは「修善寺の大患」と言われ、漱石の人生の危機的状態で語り継がれる事件である。明治四十三年八月二十四日夕暮れに八〇〇ccもの吐血をした当時四十三歳の漱石は、意識を失って危篤状態に陥った。医師の診断を受けて「さほど悪くない」と言われた一時間後のことだった。驚いた医師は彼を危険な状態から救おうと懸命になるが、三十分間意識不明で生死の境をさまよった。「生きて仰ぐ空の高さよ赤蜻蛉」、言わずと知れた夏目漱石の一句がある。胃潰瘍で死の淵をさまよった漱石は小さな赤とんぼに儚《はかな》い自分の命を重ねて見ていたであろう。

漱石は、『思い出す事など』（十四・十五）によると、吐血してから目が覚めるまでの間に二人の医師がドイツ語で「駄目だろう」「ええ」「子どもに会わしたらどうだろう」などとやり取りしているのを聞いている。また、漱石はその間ずっと意識明瞭で注射を受けていたと思っていたが、そばに寄り添っていた妻鏡子によると「あの時三十分ばかりは死んでいらした」のだという。そんな漱石は、臨死体験に一種の幸福感や恍惚感を感じていたようで「心は、己の宿る身体とともに蒲団から浮き上がり、腰と肩と頭に触れる蒲団が、どこかへいってしまったように、心と体がもとの位置に漂っていた」「霊が、細かい神経の末端にまで行きわたって、泥でできた肉体の内部を軽く清くするとともに、官能の実覚から遥かに遠からしめた状態だった」（『思い出す事など』二十）と表現している。

漱石は『思い出す事など』（三十二）の中で、「余は口の中で、第二の葬式と云う言葉をしきりに繰り返した。人の一度は必ずやって貰う葬式を、余だけはどうしても二返《へん》執行しなければすまないと思ったからである」と述懐している。アメリカのプラグマティストの祖であるウイリアム・ジェームズに最も私淑し、著書の心理学の翻訳もしている彼の著作に岩波文庫にもある『宗教的経験の諸相』がある。その中で「宗教的経験とは何か。それは生まれ変わりだ」と書いている。Twice born――人間は生まれ変われる。その生まれ変わる体験というものが宗教的体験、「二度生まれ」だという。もちろん漱石は、特定の宗派、宗門に帰依していたわけではないが、二度の葬式といった時、明らかに「二度生まれ」を頭の中に描いていただろう。この経験で漱石は一層強くなった。

朝日新聞退社の危機もあった。朝日新聞に入社し、専属作家となり、次々とベストセラーを出した漱石が、朝日文芸欄の廃止などによって辞表を提出し朝日新聞社をやめようとしたことがある。『漱石の思い出』の中に、漱石が朝日新聞社入社を決意させた池辺三山が退社するので、漱石が一緒に退社しようとしていたことが書かれている。

『朝日』で主筆の池辺三山さんがおやめになるというので、自分でもいわば池辺さんから迎えられて、池辺さんを信じて入社したようなわけなので、それに殉じてと申しますか、辞職すると言うので、届書までだしたようでした」（『漱石の思い出』四十七　破れ障子）

しかし、鏡子夫人はじめ、渋川玄耳などいろいろな人々に、排斥されているわけでないからとなだめられ、辞職を思いとどまった。その後、池辺三山は急死した。漱石は「三山居士」という追悼文を書いた。この頃養父・塩原昌之助からお金を無心され心労もあった。

この後、明治四十四年十一月二十九日に末っ子五女の雛子が一歳半で急死するという非常に悲しい体験もしている。日記に次のように記している。

「昨日は葬式今日は骨上げ、明後日は納骨明日はもしするとすれば逮夜である。多忙である。然し、凡ての努力をした後で考えると凡ての努力が無益の努力である。死を生に変化させる努力でなければ凡て無益である。こんな遺恨はない。自分の胃にヒビが入った。自分の精神にもひびが入った様な気がする。如何となれば回復しがたき哀愁が思い出す度に起こるからである」（明治四十四年十二月三日の日記）

（２）漱石の死生観（なぜ自殺しなかったか？）

日本の自殺者数は、二〇〇三年の三万四千四百二十七人がピークで、二〇一〇年以降は減少傾向が続いている。二〇一五年（平成二十七）における自殺者の総数は警察庁統計で二万四千二十五人、二〇一六年の自殺者数速報値は二万千七百六十四人で、前年よりも二千人以上減少し、その七割が男性だという。二〇一四年版自殺対策白書では、一五歳から三九歳の各年代の死因のトップが自殺であり、自殺対策白書は「十五～三十四歳の若い世代で死因の一位が自殺となっているのは先進七カ国では日本のみ」としていることは憂慮すべきことである。ＷＨＯの自殺予防マニュアルによれば、自殺既遂者の九十％が精神疾患を持ち、また六十％がその際に抑うつ状態であったと推定している。自殺防止には気づき（変化に気づいたら声掛け）、傾聴（気持ちに耳を傾ける）、つなぎ（相談を促す）、見守り（寄り添い見守る）が大切だという。命の大切さを伝え、命をみんなで守りたい。

漱石は苦悩と病の連続だったが、自殺することはなかった。なぜ自殺することがなかったのか、漱石の死生観（生と死に対する見方）を次に見て行こう。

『吾輩は猫である』や『こころ』などで「自殺」がテーマの一つになっている。『吾輩は猫である』で苦沙弥先生が仲間と語る形で漱石の自殺に関する考えが示されている。

「どうせ死ぬなら、どうして死んだらよかろう。これが第二の問題である。自殺クラブはこの第二の問題と共に起るべき運命を有している。どうしたら死なずに済むかが問題だ」「死ぬ事は苦しい、しかし死ぬ事が出来なければなお苦しい。神経衰弱の国民には生きている事が死よりもはなはだしき苦痛である。したがって死を苦にする。死ぬのが厭だから苦にするのではない、どうして死ぬのが一番よかろうと心配するのである。ただたいていのものは智慧が足りないから自然のままに放擲《ほうてき》しておくうちに、世間がいじめ殺してくれる。しかし一《ひ》と癖《くせ》あるものは世間からなし崩しにいじめ殺されて満足するものではない。必ずや死に方に付いて種々考究の結果、嶄新な名案を呈出するに違ない。だからして世界向後《こうご》の趨勢《すうせい》は自殺者が増加して、その自殺者が皆独創的な方法をもってこの世を去るに違いない」「大分《だいぶ》物騒《ぶっそう》な事になりますね」「なるよ。たしかになるよ。アーサー・ジョーンスと云う人のかいた脚本のなかにしきりに自殺を主張する哲学者があって……」
「自殺するんですか」「ところが惜しい事にしないのだがね。しかし今から千年も立てばみんな実行するに相違ないよ。万年の後には死と云えば自殺よりほかに存在しないもののように考えられるようになる」（中略）「冗談といえば冗談だが、予言といえば予言かもしれない」（『吾輩は猫である』最終章十一）

漱石が冗談で予言したことが現代にも当てはまる。

漱石と結婚三年目に鏡子夫人が流産のためヒステリー症が激しくなり、投身自殺（未遂）を図っている。しかし、漱石は鏡子が二度と離れないよう、お互いの体を紐《ひも》で結んで就寝するようにした。

人間は何のために生まれてきたのか？　漱石は煩悶するために生まれてきたと考えていた。漱石が英国留学中妻に宛てた手紙（一九〇一年・明治三十四年九月二十六日夏目鏡子宛て）に「人間は生きて苦しむための動物かもしれない」と書いている。そして、初期の作品『倫敦塔』（一九〇五年・明治三十八）の中では「生まれてきた以上は生き迷わねばならぬ。あえて死を恐れるとは言わず、ただ生きねばならぬ。すべての人は生きねばならぬ」と述べている。「生存は人生の第一義なり」（「ノート」）と、生まれてきた以上生きようという考えである。

漱石は死生観の基礎となる『老子の哲学』（大学のレポート、一八九二年・明治二十五）を書いている。その第一篇総論で、孟子の教えについて「深き理なし」「当り障りのなき議論」と評する一方、老子については、「迂遠なる儒教より一層迂遠の議論を唱道せんとせる者あり。」と孟子と老子の違いを指摘し、老子を高く評価している。

（老子について）

常識に適ふたる仁義の説だにかくの如くなるに、仁義以外に一歩を撇開《へいかい》して当時に迂遠なる儒教より一層迂遠の議論を唱道せんとせる者あり。これを誰かといふに周国苦県厲郷の人、姓を李といひ名を耳と呼ぶ生れながらにして皓首の異人なり。〔略〕

今に伝る所『老子道徳経』即ちこれなり。

さて老子の主義は如何に、儒教より一層高遠にして一層迂闊なりとは如何なる故ぞといふに、老子は相対を脱却して絶対の見識を立てたればなり。捕ふべからず見るべからざる恍惚幽玄なる道を以てその哲学の基としたればなり」(『老子の哲学　第一篇　総論』)

道家思想の祖と言われる老子の教えは「道(タオ)」を説くことだが、この「道」とは「天地万物を生み出す造物主的な根拠、あるいは宇宙に一定の秩序をもたらす原理的な存在のこと」であり、この道の自然な展開に従う「無為を為す」ことによって、大成を期待できるとする。『老子道徳経』第三十七章に「道常無為而無不為」(道は常に無為にしてなさざるなし:道は常に何事もなさないが、それでいて全てを成し遂げている)とある。老子の根幹の思想であるといわれる「無為自然」(原文には「無為」だけで自然の言葉はない)とは、自然との融合を目指すという意味は持たず、「あるがままに暮らすべきだ」という思想である。人は、「自分(〝自我〟)の思いや考え」にそって多くを為すばかりではかえって破滅し、功利を焦って失敗するのだから、無為であることこそ良い生き方だとする。自己実現、ユング心理学の個性化(自分らしさの追求)の概念と共通するところがある。

漱石は生き方について、明治三十九年、職業作家になる前年、鈴木三重吉に助言を求められて次のように書いている。

「僕は一面に於て俳諧的文学に出入すると同時に一面に於て死ぬか生きるか、命のやりとりをする様な維新の志士の如き烈しい精神で文学をやつて見たい。それでないと何だか難をすて、易につき劇を厭ふて閑に走る所謂腰抜文学者の様な気がしてならん」(十月二十六日付鈴木三重吉宛て書簡　引用は青空文庫)

「死ぬか生きるか、命のやりとりをする様な」と漱石は書いているが、この気概は、森鷗外や二葉亭四迷など、この時期の文学者に共通するものである。その意識が大きく変わったのは日露戦争終結以降である。西洋文明をお手本にして日本国内を改革していくという明治維新が、一応その目的が達成されたと国民や政治家に意識されたのが日露戦争だった。この日露戦争以降の空気のなかで成長した芥川龍之介は「漠然とした不安」ということを遺して、昭和二年に自殺している。

漱石は『行人』で登場人物にこう語らせている。「死ぬか、気が違うか、それでなければ宗教に入るか。僕の前途にはこの三つのものしかない」(『行人』)自殺か、狂気か、宗教か、まさにこころの三角形で葛藤した。書くことで、徹底的に自己を追究した漱石は、三つの選択肢の間で揺れた。自殺はできぬ。狂気にもなりきれなかった彼は、仏教、とりわけ禅宗に傾倒していった。漱石が鎌倉円覚寺の釈宗演に参禅したこと(『門』)との関わりがここにある。しかし、「自らを捨てて神に走る者は神の奴隷なり」(「断片メモ」明治三十八〜三十九年頃)と、宗教を盲信して自己を忘れて委ねてしまうこととはいけないと漱石は言う。

『私の個人主義』が英国留学時代を回想し、『文学論』序文や『野分』に呼応していていることはよく知られている。『こころ』執筆に先だち、母校一高で講演した『模倣と独立』でも自分の一高時代を回想し、罪と告白について語っており、それが『こころ』のモチィーフになっている。この時期の漱石は人生の出発点である学生時代や、作家として出発した当時をしきりに思い起こしていた。そして、『硝子戸の中』(一九一五・大正四)で自分の生い立ちを語り、『道草』や『点頭録』を書いた。『硝子戸の中』は「死への憧憬」や「生の断念」に比重が置かれた作品ではない。この作品は生に顔を向け、いかに生きるかを真摯に求めている作品である。死の意識を踏まえ、残された生を本当に生ききるために書かれた作品である。「死につゝさうして生きつゝあります」(大正三・十二・十　渡辺和太郎宛書簡)は、死をみつめつつ真の生へのめざめを語っている。「まだ冬だ冬だと思つてゐるうちに、春は何時しか私の心を蕩揺《とうよう》し始めた」(『硝子戸の中』三十九結び)。この一文は新しい生の認識、死を踏まえての真の生の認識に到達した漱石の気持ちを象徴的に言い表わしたものである。社会的存在として、他者との関わりの中でいかに生きるかを模索し、時間の軸の中において死の意識を踏まえつつ、歴史的、実存的存在としていかに生きるかを模索した漱石の一つの生き方への解答がある。漱石は次のように『硝子戸の中』（八）を書き出している。

「不愉快に充ちた人生をとぼとぼ辿りつゝある私は、自分の何時か一度到着しなければならない死といふ境地に就いて考えている。さうして其の死といふものを生よりも楽なものだとばかり信じてゐる。ある時はそれを人間として達し得る最高至高の状態だと思ふこともある。『死は生よりも尊い』」（『硝子戸の中』八）

そして、その最高至高と思われる死へと踏み切れぬ理由として挙げていることは、この世で何千年と続いている「如何に苦しくとも生きるべき習慣だ」と言っている。

「しかし現在の私は今のあたりに生きている。私の父母、私の祖父母、私の曾祖父母、それから順次に溯《さかの》ぼって、百年、二百年、乃至《ないし》千年万年の間に馴致《じゅんち》された習慣《しゅうかん》を、私一代で解脱する事ができないので、私は依然としてこの生に執着しているのである。

だから私の他に与える助言はどうしてもこの生の許す範囲内においてしなければすまないように思う。どういう風に生きて行くかという狭い区域のなかでばかり、私は人類の一人《いちにん》として他の人類の一人に向わなければならないと思う。すでに生の中に活動する自分を認め、またその生の中に呼吸する他人を認める以上は、互いの根本義はいかに苦しくてもいかに醜くてもこの生の上に置かれたものと解釈するのが当り前であるから」（『硝子戸の中』八）

生きてきた因果として、「修善寺の大患」で危篤状態になった経験や雛子の死などの経験は、漱石がその後手がける作品に影響を与えた。『思い出す事など』の中でこれらの事件について書いている。晩年の漱石は「則天去私」が理想だと語ったという。「漱石は死を生の中に織り込み、生を死の中に織り込み、こうして相互に反発し矛盾する二つのものを、一つのものに連接させたいと希《こいねが》った。「則天去私」はそのことを可能にする唯一の道であった」（小宮豊隆著『夏目漱石』）この天に則して私を去るとは、この時の気持ちだったのではと言われている。死の深い認識を踏まえて、漱石は新しい出発をしようとしている。死は無であり、我執を棄てることであり、私を去ることでもあろう。己れを無にし、我執を棄て、「体裁」を捨て、「正直」になり、「正体」をあらわすところに、彼の新しい生きる道があった。死を踏まえ継続中の残された己れの生を生ききること、そこに彼の新たな生きる道があった。

鏡子夫人は『漱石の思い出』に「大患以来毎年引き続いての病気に、此頃ではすっかり老け込んで、髪といわず、髭と言わず、随分白くなって居りました」と述べている。リューマチに苦しみ、転地療養していた湯河原で書いた『点頭録』は途中で打ち切られた。この年、漱石は数え年で五十歳を迎えた。人生五十年といわれた時代である。余命いくばくもないという思いは避けがたかった。主観的願望や意志がどうであろうと、それを蹂躙して顧みない死が刻々と迫っているという自覚はあったが、またもう二度と正月を迎えることが出来ないのだとは思っていなかったであろう。しかし、この年十二月にこの世を去り、『点頭録』の書き出しで使った「また正月が来た」という言葉を二度とくりかえすことは出来なかった。

漱石はこのように知と無知、生と死、有と無、明と暗の間を生き、心は過去に向きがちであった。自分の一生は何であったのかと、自己の生涯、自己の生存の意味を問う思いが強まっていた。それは一九一〇年（明治四十三）の「修善寺の大患」で一度「死」を体験して以後急速に強まっていた。『点頭録』で次のように書いている。

「寿命は自分の極めるものでないから、固《もと》より予測は出来ない（中略）古仏と云われた人の真似も長命も、無論自分の分ではないかも知れないけれども、羸弱《るいじゃく》なら羸弱なりに、現にわが眼前に開展する月日に対して、あらゆる意味に於いての感謝の意を致して、自己の天分の有り丈を尽くそうと思うのである」（『点頭録』一）

一方で自分の死をみつめ一切を無と感じ、また一方で、自殺することなく現在に生きる自己を強く意識して激動する世界を見つめ、積極的な発言をしようとした。こうして『点頭録』の「軍国主義」「トライチケ」が書かれ、『明暗』が書かれた。『道草』や『明暗』の背後に、死を見つめ、無を自覚している姿が読み取れる。

自分の身体は自分のものであり、自分の生死の決定権は、完全に自分に委ねられているのだという発想で、個人の死生観の確立は自分で行う必要がある。漱石の死生観は、大学時代に書いた『老子の哲学』を基礎にして、英国留学で苦悩・葛藤して獲得した「自己本位」に始まり、「修善寺の大患」で生死の間をさまよう「二度生き」を体験し、苦悩の末最終的に到達した「則天去私」という言葉に込められている。そして、生前「死んでも自分はある」と手紙に綴っている。

「死んだら皆に柩の前で万歳を唱えてもらいたいと本当に思っている。私は意識が生のすべてであると考えるが同じ意識が私の全部とは思わない。死んでも自分はある、しかも本来の自分には死んで始めて還れるのだと考えている」（大正三年十一月十四日付、林原耕三宛て）

（注）『老子道徳経』（第五十章）「人は生まれれば必ず死ぬ。天寿を全うできる者は十人中三人。途上で死ぬ者も十人中三人。生きていながら、自ら危険に飛び込んで行く者も十人中三人いる」（出生入死。生之徒十有三、死之徒十有三。人之生、動之死地亦十有三）。老子の死生観はここにみることができる。老子は、「命を守ることに優れた人は、陸路の旅で獣に襲われることもなく軍隊でも武器や鎧を手にしない。猛獣の角や爪も敵兵の刃も彼を傷つけようとしてもできない。なぜなら、彼は命に執着することがなく死への怖れもないからだ」と続けている。命を守ることに優れた人は死を恐れず、死も生もありのままに受け入れる無為自然の人であり、自らの行ないを〝無為を為す〟ことによってこそ、自然の霊妙たるはたらき、摂理による、あるがままの生

き方を実現できるようになるのだという。

(3) 漱石の臨終

漱石臨終の様子を、高浜虚子(一八七四~一九五九、漱石に精神衰弱を和らげるため処女作になる『吾輩は猫である』の執筆を薦め、子規の「ホトトギス」を継承した俳人・作家)は次のように記している。

「かくの如くして私は氏が危篤の報に接して駆け付けた時、病床の氏は、後に聞けばカンフル注射のためであったそうであるが、素人目には未だ絶望とも思われぬような息をついていたので、私は医師の許を受けて、「夏目さん、高浜ですが、御難儀ですか。」と声を掛けた。「ああ、有難う、苦しい。」というような響きが私の耳に聞きとれた。それは苦しい呼吸の中に私の耳にそう聞えた響きに過ぎなかったかも知れない。その後また、「水、水。」と二、三遍繰返して言った言葉を私は確かに聞きとった。看護婦もその声に応じて水を与えたのであった。私はその臨終の模様から通夜の時の容子などを書きたいという考がないでもないが、これは別に人がある事と考えるから此処《ここ》には略する事として、これでこの稿を終る」(高浜虚子『漱石氏と私』七)

夏目漱石は一九一六年(大正五)辰野隆の結婚式に出席した後の十二月九日、大内出血を起こし、『明暗』執筆途中に四十九歳十ヵ月で生涯を閉じた。最期の言葉は、寝間着の胸をはだけながら叫んだ「ああ苦しい。ここに水をかけてくれ、今死ぬと困るから」であったという。だが、四女・愛子が泣き出してそれを妻である鏡子が注意したときに漱石がなだめて「いいよいいよ、もう泣いてもいいんだよ」と言ったことが最後の言葉ともされている。

芥川龍之介は『葬儀記』に漱石の亡骸《なきがら》について次のように記している。

「柩は寝棺《ねかん》である。のせてある台は三尺ばかりしかない。そばに立つと、眼と鼻の間に、中が見下された。中には、細くきざんだ紙に南無阿弥陀仏《なむあみだぶつ》と書いたのが、雪のようにふりまいてある。先生の顔は、半ば頬《ほお》をその紙の中にうずめながら、静かに眼をつぶっていた。ちょうど蠟《ろう》ででもつくった、面型《めんがた》のような感じである。輪廓《りんかく》は、生前と少しもちがわない。が、どこかようすがちがう。脣《くちびる》の色が黒《くろず》んでいたり、顔色が変わっていたりする以外に、どこかちがっているところがある」（芥川龍之介『葬儀記』）

漱石のデスマスクが森田草平の発案で作成された。作成者は友人の新海竹太郎（一八六八〜一九二七、山形市生まれ彫刻家、「ゆあみ」「不動」などの作品がある。一九二二年に森鷗外のデスマスクも作成）である。鏡子夫人の『漱石の思い出に』に次のように記されている。

「この亡くなった夜、たしか森田〔草平〕さんかの発議で死面（デスマスク）を取ることになり、大塚〔保治〕さんのお識り合いの新海竹太郎さんを煩わして原型をとっていただきました。もう真夜中のことであったでしょう」（『漱石の思い出』六十二　臨終）

「（十二月二十八日から）二三日おいて、たしか三十日の夜に、死面が出来上がりました。小宮〔豊隆〕さんが遅くなつてから届けて下さいました。鼻の頭のあばた迄よく出て、ほんとうに取つておいてい丶ことをしたとつく〴〵思ひました。たゞ頭髪が少し額をせばめてゐるのと、亡くなつてから大分時間がたつたとかで、下顎が少しゆるんでゐるのが難といへば難だと思ひました。

皆さんで死面が欲しいといふことでしたが、そんなに沢山い丶のがとれないといふことで、結局家に一面、それから朝日新聞に一面送ることにして、他は作らせないといふことにきめまして、原型もブロンズが出来た以上壊させようといふのを、彫塑家の方で紀念に残こしておきたいからといふので、石膏の原型丈は残つて居る筈でございます。初めの主唱者の森田さん迄分けて貰へないといふことになつたので、其時は少々不平のやうにお見受けいたしました」（『漱石の思い出』六十四　その後のことども）

型取りした彫刻家、新海竹太郎の言に「天下知名の士のマスクは外国には幾らもあるが日本には此迄殆んどない様である」とあるので、このデスマスクが日本では最も古いものの一つのようである。

漱石の脳は、現在もエタノールに漬けられた状態で東京大学医学部に保管されている。重さは千四百二十五グラムであった。

（4）漱石の葬儀

夏目漱石は一九一六年（大正五）十二月九日午後六時五十分息を引き取った。死因は胃潰瘍で、享年五十歳だった。遺体は生前の希望により、十日午後一時半、牛込の自宅から寝台車で医科大学病理解剖室に運ばれ解剖された。十二日の明け方、遺体を見守っていた漱石の遺族、親戚、友人、門下生らは、午前六時半に改めて霊前を清め、喪主はじめ未亡人、遺族は最後の別れを告げた。やがて白絹で覆われた棺の上には花輪が供えられ位牌が棺の前に置かれた。

七時半から小石川の徳雲寺の僧侶三名によって読経があげられ焼香に移った。出棺の準備が整うと、第一の馬車に僧侶、次に棺を乗せた馬車、次に遺族、親族等六輌の馬車に分乗、午前八時半夏目邸を出発した。棺車は九時半に青山斎場に到着。ただちに祭壇に安置され、その上に「夏目金之助之柩」と書かれた銘旗が掲げられた。位牌の前に多くの供物や生花、花輪が飾られた。

葬儀は午前十時に始まった。十時半になると、鎌倉円覚寺派管長以下、十二名の式衆を従え祭壇に昇り、読経が始まった。次いで朝日新聞社社長の弔辞朗読が行われ、友人総代、門生有志の総代が弔詞を霊前に捧げ、さらに遺族、親族の焼香と続いた。式終了は午前十一時であったという。

式後棺は落合火葬場に運ばれて火葬にされ、焼骨は雑司ケ谷の夏目家墓地に葬られた。夏目漱石の墓碑には菅虎雄の筆で「文献院古道漱石居士」と記されている。ちなみに漱石の葬儀に於ける友人代表は、狩野亨吉がつとめた。

漱石の死後、漱石の長女筆子と結婚しようと久米正雄と松岡譲が争った「破船」事件(注)と呼ばれた有名な話がある。漱石の男女三角関係小説のような話である。

(注) 筆子をめぐる久米・松岡の三角関係事件が久米正雄著『破船』(改造社版「日本文学全集」)に初出採録。『こころ』では、養家と実家とも絶縁し苦境に立っている〈K〉を先生が下宿の〈奥さん〉に頼み込み自室の隣に同宿させる。K＝松岡、下宿の奥さん＝夏目未亡人、先生＝久米、下宿のお嬢さん＝筆子と人物を置き換えると『こころ』の人間関係と酷似。違うのは、敗者が『こころ』ではKだが、実際の事件では久米正雄。『新・日本文壇史　第一巻』(川西政明著、岩波書店、二〇一〇)によると山本有三が「破船」事件に顔を出している。山本有三は『路傍の石』などの人道主義的作品で有名な作家だが、久米正雄が夏目家の入り婿になりそうだという評判が立った時、以前対立したことがあり、彼が夏目家の一員になることが許せなかったので、妻に命じて女の名前で久米を誹謗する手紙(全文も掲載)を夏目未亡人に送りつけている。

第二章　夏目漱石の先見性と現代性

1　漱石の生涯と作品　先見性

夏目金之助（漱石）は一八六七年（慶応三）旧暦の一月五日（新暦二月九日）に江戸牛込に生まれた。夏目家、町方名主である父直克《なおよし》（五十歳）と後妻千枝（ちゑ四十一歳）の五男三女の末っ子である。二十九歳の時に鏡子夫人と結婚し、五女二男の計七人の子どもがいる。一九一六年（大正五）十二月九日に胃潰瘍のため四十九歳で死去した。

「漱石」の名は、中国の『蒙求《もうぎゅう》』の「晋書」にある故事《こじ》に由来する。ある男が「枕石漱流《ちんせきそりゅう》」（石に枕《まくら》し、流れに漱《くちす》ぐ）というべき所を「漱石枕流《そうせきちんりゅう》」と言い間違えていると指摘されても、流れに枕するのは耳を洗うためで、石にくちすすぐのは歯を磨くためだと言い張って、「負け惜しみの強い、変わり者、頑固者《がんこもの》の意味」になったという故事から「漱石」を取ったという。夏目金之助が文学の道で強い影響を受けた正岡子規自身も使ったといわれている「漱石」の号を用いて、正岡子規詩文集『七草集』で初めて評を執筆した。自分の漢詩文集『木屑録《ぼくせつろく》』（明治二十二）をこの号で発表し、以後夏目「漱石」で執筆した。

漱石は幕末、大政奉還、明治維新という時代に生まれ、西南戦争（十歳）、日清（二十七・八歳）・日露戦争（三十七・八歳）、明治天皇崩御（四十五歳）、第一次世界大戦（四十七歳〜）という激動の時代を生きた。九歳まで里子に出されるという不遇な幼少期を送り、少年・青年期にはこころの「三角形」で苦悩する揺らぎの時代を生きた。漢学か工学か英語かで葛藤したが、時代の要請を先取りする先見性を発揮し英語の道を選んだ。三十三歳の時、明治三十三年九月から英国留学で東西文明の相克と世紀の転換を経験した。神経衰弱や種々の病気を持ちながら四十歳で朝日新聞に入社し、後世に残る可能性のある小説作品執筆を仕事とする専属作家となり、「書く」行為がはけ口であった。約十二年で男女「三角関係」小説八作品を含む長編・中編小説十五作品、短編・小品九作品、評論・随筆も書いた。処女作は三十八歳で書いた『吾輩は猫である』。三十九歳で『坊っちゃん』、『草枕』（漢詩、非人情、画家の余と那美）、『二百十日』、四十歳で『野分』『虞美人草』（甲野と藤尾と小野の男女三角関係）、四十一〜四十四歳で『抗夫』、男女三角関係前期三部作の『三四郎』、『それから』、『門』、四十五〜四十七歳で男女三角関係後期三部作『彼岸過迄』、『行人』、『こころ』を、四十八歳で『道草』（漱石の誕生秘話、夫婦の問題）を執筆。四十九歳で書いた『明暗』（清子と津田とお延の三角関係）が未完の作品となった。

分かりやすい口語体で表現し、現代小説の原型となる作品が多く、現代人の苦悩や「壊れた恋愛」をも描いている。夏目漱石は先見性を示す「百年」を作品にも使用している。『夢十夜』の中から例をあげよう。


「自分は黙って首肯《うなず》いた。女は静かな調子を一段張り上げて、

「百年待っていて下さい」と思い切った声で云った。

「百年、私の墓の傍に坐って待っていて下さい。きっと逢いに来ますから」

自分はただ待っていると答えた。すると、黒い眸《ひとみ》のなかに鮮に見えた自分の姿が、ぼうっと崩れて来た。静かな水が動いて写る影を乱したように、流れ出したと思ったら、女の眼がぱちりと閉じた。長い睫《まつげ》の間から涙が頰へ垂れた。――もう死んでいた。

（中略）真白な百合《ゆり》が鼻の先で骨に徹《こた》えるほど匂った。そこへ遥《はるか》の上から、ぽたりと露《つゆ》が落ちたので、花は自分の重みでふらふらと動いた。自分は首を前へ出して冷たい露の滴《したた》る、白い《しろい》花弁《はなびら》に接吻《せっぷん》した。自分が百合から顔を離す拍子《ひょうし》に思わず、遠い空を見たら、暁《あかつき》の星がたった一つ瞬《またた》いていた「百年はもう来ていたんだな」とこの時始めて気がついた」（『夢十夜』・第一夜）


書簡にも「百年」をキーワードにする先見性を表す記述を散見することができる。例えば、「十年計画で敵を斃《たお》す積

りだったが（略）百年計画に改めました」（一九〇六年明治三十九、十一月十一日付、高浜虚子宛て）、「百年後には僕だけ残る」（明治三十九年十一月十七日付、松根東洋城宛て）、「百年後に第二の漱石が出て第一の漱石を評してくれればよい」（明治四十一年二月四日付、滝田樗陰宛て）、「君が生涯はこれからである。功業は百歳の後に価値が定まる」「百年の後、百の博士は土と化し、千の教授も泥と変ずべし。余はわが文を以て百代の後に伝へんと欲するの野心家なり」（一九〇六年明治三十九、十月二十二日付、門下生森田草平宛て）などがある。「過去ナキノミナラズ又現在ナシ。只未来アルノミ」（『断片』明治三十九）にみられるように、未来志向の生き方・考え方をしたのである。『吾輩は猫である』にみられるように、シンプルで明快かつ歯切れのよい口語体で書いた作品は「百歳の後」の読者になお古さを感じさせることなく綿々と読み継がれている。漱石は先見性を持つ作家である。

2　文明評論家　漱石の現代性

（1）文明評論家の漱石

漱石は文明や時代に批評眼を持って講演をした文明評論家でもある。講演や作品は先見性・普遍性・現代性を持ち、何度読んでも汲み尽せぬ魅力が新たに発見できる。特に、一九一一年（明治四十四）八月十五日・和歌山県会議事堂で行った講演『現代日本の開花』で、「我々の遣《や》っている事は、内発的でない、外発的である。（中略）現代日本の開花は皮相上滑りの開花であるという事に帰着するのである」と、日本の近代化、文明開化の矛盾《むじゅん》を解きほぐして語り、鋭い文明批評をしている。

「自由と独立と己れとに充ちた現代に生まれた我々は、その犠牲としてみんなの淋《さび》しみを味わわなくてはならないのでしょう」（『こころ』上の十四）

漱石が「現代」と書いたのは大正時代の初め頃だが、「自由と独立と己れ」と「この淋しみ」は現代的・普遍的なテーマで、二十一世紀でも充分通じる現代的な課題である。

また、一九一四年（大正三）十一月二十五日・学習院輔仁会で行った講演『私の個人主義』では「不愉快な」英国留学で獲得した「自己本位」（自分らしさ）について述べた。

「私は此《この》自己本位といふ言葉を自分の手に握ってから大変強くなりました」（『私の個人主義』）

「自己本位」は偏狭な自己中心主義や利己主義（エゴイズム）ではない、倫理的な社会思想としての意味で普遍的な価値を持っている。漱石の言う「個人主義」は、他人の個性も尊重し、独自性をもって社会で生きていくための倫理的修養を積むことである。そこに淋しさも潜んでいるという。このことを如実に表す文章をあげよう。

「これまでの論旨《ろんし》をかい摘《つま》んでみると、第一に自己の個性の発展を仕遂げようと思うならば、同時に他人の個性も尊重しなければならないという事。第二に自己の所有している権力を使用しようと思うならば、それに附随している義務というものを心得なければならないという事。第三に自己の金力を示そうと願うなら、それに伴う責任を重じなければならないという事。つまりこの三カ条に帰着するのであります。

これをほかの言葉で言い直すと、いやしくも倫理的に、ある程度の修養を積んだ人でなければ、個性を発展する価値もなし、権力を使う価値もなし、また金力を使う価値もないという事になるのです。（中略）私のここに述べる個人主義というものは、けっして俗人の考えているように国家に危険を及ぼすものでも何でもないので、他の存在を尊敬すると同時に自分の存在を尊敬するというのが私の解釈なのですから、立派な主義だろうと私は考えているのです。

もっと解りやすく云えば、党派心がなくって理非がある主義なのです。朋党《ほうとう》を結び団隊を作って、権力や金力のために盲動《もうどう》しないという事なのです。それだからその裏面には人に知られない淋《さび》しさも潜んでいるのです。すでに党派でない以上、我は我の行くべき道を勝手に行くだけで、そうしてこれと同時に、他人の行くべき道を妨げないのだから、ある時ある場合には人間がばらばらにならなければなりません。そこが淋しいのです」（『私の個人主義』）

漱石は「修善寺の大患」までは作品に時事を取り入れ文明批評をしている。朝日新聞入社前の作品『吾輩は猫である』は社会や世相を反映している。日露戦争の頃からさかんに大和魂が唱えられたが、『吾輩は猫である』（第六章）では大和魂の風潮を冷ややかに書いている。日露戦争後、日本人はうぬぼれていい調子になり、それが昭和の戦争につながった。漱石はそれを凝視していた。小説としても実に魅力的でユーモアにあふれ、機知に富む。苦沙弥先生をとおして自己批評があり、学識をひけらかすようだが臭みがない。金色夜叉調の美文に慣れていた当時の人にとってこの作品は全く新しい奇想天外の文体で書かれている。「猫」は猫の目から人間社会を見ていたが、途中からトーンが変わり視点が人間に移る。猫の目では社会批評はできても、文明批評は無理だったからであろう。最終章の十一章は、意識して文明批評の大議論を展開した。出世主義、拝金主義、享楽主義に向かう日本の国はこれからどこに向かうのかという憂国の情があり、自省しないでいい調子になっていく世の中に、警鐘をならした。『吾輩は猫である』は、日露戦争後悪くなっていく日本がよく表現されている。

『三四郎』の中でも、東京帝国大学に受かった三四郎が上京する列車で乗り合わせた爺さんは「一体戦争は何のためにするものだか解らない。……こんな馬鹿気たものはない」と語り、また、同じ車中で水蜜桃を好む教師と思われる中年男は、「いくら日露戦争に勝って、一等国になってもだめですね」というので、三四郎が「しかし、これから日本もだんだん発展するでしょう」と答える。すると、男がすまして一言だけ「滅びるね」（『三四郎』一）といった言葉は強烈である。『三四郎』で「馬券」がでてくるが、日露戦争で日本の軍馬が劣るのを学んだ軍部が、軍馬改良のために競馬を奨励した事実に基づいている。『それから』も姦通罪《かんつう》の規定が改正されたのを踏まえている。

（2）漱石の戦争観

漱石は西南戦争（十歳）、日清戦争（二十七・八歳）、日露戦争（三十七・八歳）、第一次世界大戦（四十七歳〜）と激動の時代を生きた。

日露戦争は日本がはじめて西洋の大国とたたかった大戦争だった。日本は敗けるかもしれない、それでも戦わなくてはならないという思いが日本国民を結集させた。ロシアは日清戦争のあと、日本から遼東半島を清国に還付させ、これを自らの支配下におき、その勢力を満州一帯から朝鮮に及ぼそうとしていた。このままでは日本は危ない、対露戦争は不可避であるとして、日清戦争後は対露戦争の準備が急がれた。臥薪嘗胆《がしんしょうたん》という言葉が合言葉になり、国民は重税に耐え、多額の献金や公債を負担させられて、ひたすら軍事力の増強が急がれた。日露戦争は五十万の兵士を動員し、死傷者は十一万八千人、戦費は十五億二千万円に達した。国民は勝利に沸いたが、講和による賠償金や領土割譲は払った犠牲を償うものとは思われず、不満が爆発し日比谷焼討事件になった。

漱石はこの日露戦争の最中に『吾輩は猫である』を書きはじめ、戦後には『趣味の遺伝』を発表。『趣味の遺伝』を見れば、漱石がどんな思いであの戦争を見ていたかがわかる。『坊っちゃん』以下の諸作品は日露戦後の日本の現実と格闘する漱石が生んだもの。『私の個人主義』は第一次世界大戦が勃発し、日本が青島を攻略した直後の講演である。死の年の正月に『点頭録』を執筆。『明暗』は、死を目前にひかえ、想像もできなかったような戦争を展開するヨーロッパの現実を見据えながら書き綴った作品である。

一九一四年（大正三）、第一次世界大戦勃発。日本軍は九月に山東半島に上陸したが、十月、漱石は中華民国湖北省沙市の日本領事館にいた橋口貢に手紙を書いた。「私の病気は例の胃です。……筆を持つのも退儀（ママ）です。……今日は是だけしか書けません。戦争は悲惨です」。外交官の橋口の手紙で漱石はヨーロッパの戦争や山東半島の日本軍の動向を身近に感じ、戦争の悲惨さを改めてかみしめた。漱石は東大英文科在学中に徴兵検査を免れるため本籍を北海道に移して徴兵忌避（一八九二年）し、韓国併合に至る朝鮮の事態推移に心を痛め「朝鮮こそ善い迷惑だ」（『倫敦消息其二』一九〇一）とか「余韓人は気の毒なりといふ」（『満韓ところどころ』一九〇九）と記している。

『点頭録』は一九一六年（大正五）一月一日から二十一日まで、九回にわたり『東京朝日新聞』に連載された。第一回は「また正月が来た」と題して、新年を迎えた感慨を述べ、このあとに「軍国主義」「トライチケ」の章が続く。もっと長期間にわたって連載するはずのところを、健康の理由もあって九回で中断。前年の正月には三十九回にわたり『硝子戸の中』を連載していることを考えると、『点頭録』が九回で中断したのは残念なこと。『硝子戸の中』はもっぱら身辺に限っているが、この『点頭録』は一九一四年以来継続中の第一次世界大戦を真正面から論じ、とりわけこの後世界を支配する軍国主義をとりあげ、この思想を鼓吹し今度の戦争に深い関係のある思想家としてトライチケを論じた。

「英仏の評論家は現在の戦争を単に当面の事実としてばかり眺めていないのみならず、又それを政治上の問題としてばかり考えていないのみならず、其背後に必ず或思想家なり学者なりの言説を大いなる因子として数えたがっている傾向に見える。実際欧州の思想家や学者はそれ程実社会を動かしているのだろうか」

と述べ、思想家や学者と政治の関係に強い関心を示し、現代の日本では、政治は飽くまでも政治、思想はどこまでも思想であり、

「二つのものは同じ社会にあって、てんでんばらばらに孤立している。そうして相互の間に何等の理解も交渉もない。たまに両者の連鎖を見出すかと思うと、それは発売禁止の形式に於て起る抑圧的なものばかりである」（『点頭録』）

水川隆夫は『夏目漱石と戦争』（平凡社新書、二〇一〇）の最後の章で、漱石の戦争言説の特徴を次の四点にまとめている。①戦争による悲劇を繰り返し描き、戦争を愚劣で悲惨なものと考え、②戦争の原因を、国家の権力者たちが領土や利権を拡大するために様々な名目を掲げて起こしたものととらえ、③日露戦後の政府の対外的・対内的政策にも概して批判的な態度を持ち続け、④自らの内部に「個人主義」思想を育て、その立場から国家主義・軍国主義思想のもたらす「個人の自由」の抑圧や侵略戦争を批判した。

漱石は反戦・平和主義であった。現代の日本社会も拝金主義、享楽主義、一国平和主義になっていないか冷静に考える必要がある。世界平和、環境保全、生命の平和を希求しつつ、現代でも漱石作品を読む意味はここにあるのではないだろうか？

漱石の天皇制に関わる考えを日記から探すと、明治四十五年六月十日「皇室は神の集合にあらず。近づき易く親しみ易くして我等の同情に訴へて敬愛の念を得らるべし。夫《それ》が一番堅固なる方法也。夫が一番長持のする方法也」とある。明治四十五年七月二十日の日記には「晩天子重患の号外を手にす。尿毒症の由にて昏睡状態の旨報ぜらる。川開きの催し差留められたり。天子未だ崩ぜず川開を禁ずるの必要なし。（中略）もし夫臣中（衷）心より遠慮の意あらば営業を勝手に停止するとも随意たるは論を待たず。然らずして当局の権を恐れ、野次馬の高声を恐れて、当然の営業を休むとせば表向は如何にも皇室に対して礼篤く情深きに似たれども其実は皇室を恨んで不平を内に蓄ふるに異ならず」と記している。漱石は天皇（この場合は明治天皇）に対する個人的敬愛や親近感というものを大事にし、その対象として天皇制や皇室を容認しているが、その天皇制や皇室を利用する明治政府に関しては批判的視線を向ける、という立場である。すなわち、天皇制というものに対して直接の可否を問うということはせず、消極的に容認する立場、そして、天皇制という大きな殻は脱ぎ捨てて、天皇が一個の個人として国民に向かうべきだ、という考え方を持っていた、その意味では漱石は冷静な個人主義者（国家主義者に対する意味としての）である

3　人生の助言者

漱石は自分のこころを「底なき三角形」、「二辺平行せる三角形」（『人生』明治二十九年十月、第五高等学校『竜南会雑誌』所収）にたとえ、人意と人生を不測で危ういものと考えていた。英国留学で「自己本位」を獲得し強くなった漱石は、若い門弟や友人の相談にのり、筆まめを示す書簡などで、生き方について誠実で的確かつ現実的なアドバイスや励ましを与える慈父のような存在であった。自我の捉え方、矛盾に満ちた社会との根気強い向き合い方、学問、恋愛にまで及ぶ処世論、日本人としての誇りや死生観まで広い視野を持っていた。作品にも生き方の助言者として多くの名言を残している。

漱石は「自己本位」、独自性を持つ重要性を指摘しているが、「どんなオリジナルな人でも、人びとから切り離されて、自分から切り離して、自身で新しい道を行ける人は一人もありません」（『模倣と独立』）と述べている。地道に先人の研究や業績を学び、模倣し、次に新しい道へ踏み出していくべきだと漱石は言う。剣道や茶道などで、修業における段階を示した「守破離」と共通する考えである。「守」は、師や流派の教え、型、技を忠実に守り、確実に身につける段階。「破」は、他の師や流派の教えについても考え、良いものを取り入れ、心技を発展させる段階。「離」は、一つの流派から離れ、独自の新しいものを生み出し確立させる段階。「守」は基本、「破」は応用、「離」は独自性・創造性と言える。この段階は人材育成・自己啓発にも役立つ考えである。

文芸および文芸家の理想を「真・善・美・荘厳」（『文芸の哲学的基礎』明治四十年）の追求と漱石は述べている。また、漱石が晩年に和辻哲郎に送った「人静月同照」という言葉も人間愛と人生の理想追及が込められている。

「私は、「人静月同照」という掛け軸を、今でも愛蔵している。これは漱石の晩年の心境を現わしたものだと思う。人静かにして月同じく眠るのは、単なる叙景である。人静かにして月同じく照らすというところに、当時の漱石の人間に対する態度や、自ら到達しようと努めていた理想などが、響き込んでいるように思われる」（和辻哲郎『漱石の人物』昭和二十五年十一月）

一九一一年（明治四十四）二月十日、胃潰瘍のため入院治療で留守中の自宅に文部省専門学務局長福原鐐二郎《りょうじろう》から博士号授与の通知が届いた、漱石は翌日二十一日に博士号辞退の書簡を申し出、学位記も返送してしまう。『博士問題の成行』で、真理の探求である学問を俗化へと向かわせると判断し、勲章は出すほうが「受け取るか？」と頼む立場で、受ける権利はあるが義務ではないと述べている。称号や肩書き、権威主義を嫌う反骨《はんこつ》精神を貫き、時流に染まらない生き方をしている。

一九一一年（明治四十四）八月十三日、明石市公会堂で行った有名な講演『職業と道楽』がある。この講演で漱石は、「職業というものは要するに人のためにするものだという事に、どうしても根本義を置かねばなりません」（『道楽と職業』）という職業観を明らかにした。仕事を、①職業（人のためにする仕事）と②道楽（自分のためにする仕事）に分類し、漱石の道楽はそこに価値を見出す人を獲得したことによって職業になりえた。漱石はこの理念を持って自分と人のために仕事に取り組んだ。

「いやしくも道楽である間は自分に勝手な仕事を自分に適宜な分量でやるのだから面白いに違いないが、その道楽が職業と変化する刹那に今まで自己にあった権威が突然他人の手に移るから快楽がたちまち苦痛になるのはやむを得ない。（中略）幸いにして私自身を本位にした趣味なり批判なりが、偶然にも諸君の気に合って、その気に合った人にだけ読まれ、彼らから物質的の報酬（あるいは感謝でも宜しい）を得つつ今日まで押してきたのである。いくら考えても偶然の結果である。この偶然が壊れた日にはどっちを本位にするかというと、私は私を本位にしなければ作物が自分から見て物にならない」（『道楽と職業』）

理想を追求し、人生を歩むべきだと示唆している文章がある。

「理想のあるものは歩くべき道を知っている。（中略）諸君のうちには、どこまで歩くつもりだと聞くものがあるかも知れぬ。知れたことである。行けるところまで行くのが人生である。誰しも自分の寿命を知ってるものはない。自分に知れない寿命は他人にはなおさらわからない」（『野分』十一）

「人間はある目的を以て、生まれたものではなかった。これと反対に、生まれた人間に、はじめて、ある目的ができてくるのであった。（中略）だから人間の目的は、生まれた本人が、本人自身に作ったものでなければならない」（『それから』十一の二）

理想を抱き、自分探しと利他を目的にして進むべきだという考えは、現代のビジネスパースンの生き方にも応用できる。また、躓《つまず》きや恥や自己の弱点を受容する生き方をしていて共感できる。

「僕の一身にとってこの落第は非常に薬になったように思われる。もしそのとき落第せず、ただごまかしてばかり通って来たら今頃はどんな者になっていたか知れないと思う」（『落第』）

「私は凡《すべ》ての人間を、毎日々々恥を掻くために生まれてきたものだとさえ考えることもある」（『硝子戸の中』十二）

「他人は決して己以上遥かに卓絶したものではない又決して己以下に遥かに劣つたものではない。特別の理由がない人には僕は此心で対して居る。夫で一向差支はあるまいと思ふ。
君弱い事を云つてはいけない。僕も弱い男だが弱いなりに死ぬ迄やるのである。やりたくなくつたつてやらなければならん。君も其通りである」（森田草平宛て書簡　明治三十九年二月十三日（火）・『漱石全集』　第十九巻）

「（前略）私は今のところ自殺を好まない。恐らく生きるだけ生きているだろう。そうしてその生きているうちは、普通の人間の如く私の持って生まれた弱点を発揮するだろうと思う。私はそれは生だと考えるからである」（林原〈当時岡田〉耕三宛て『書簡』大正三年十一月十四日）

誠実さと根気強さの重要性も強調している名言がある。

「自ら得意になる勿《なか》れ。自ら棄つる勿れ。黙々として牛の如《ごと》くせよ。（中略）真面目に考えよ。誠実に語れ。摯実《しじつ》《誠実。真摯。心がこもりまじめなさま》に行え。汝の現今にまく種はやがて汝の収むべき未来となって現はるべし」（明治三十四年三月二十一日（木）日記、《　》内は筆者注）

「あせっては不可《いけま》せん。頭を悪くしては不可《いけま》せん。根気ずくでお出なさい。世の中は根気の前に頭を下げる事を知っていますが、火花の前には一瞬の記憶しかあたえてくれません。うんうん死ぬ迄押すのです。それ丈です」（大正五年八月二十四日（木）　芥川龍之介・久米正雄宛て書簡・「牛になって人間を押せ」）

政治家や公務員などが虚偽やごまかしを見え透いた弁解をする場面を多く見るこの頃、ついた嘘を繕おうとすればするほど綻びが出て破綻し、取り返しのつかない醜態をさらすことになる。嘘はフグの毒のようなものだと作品の中で述べている。

「嘘《うそ》は河豚汁《ふぐじる》である。その場限りで祟《たたり》がなければこれほど旨《うま》いものはない。しかし中毒《あたっ》たが最後苦しい血も吐かねばならぬ。その上嘘は実《まこと》を手繰寄《たぐりよ》せる。黙っていれば悟られずに、行き抜ける便《たより》もあるに、隠そうとする身繕《みづくろい》、名繕、さては素性《すじょう》繕に、疑《うたがい》の眸《ひとみ》の征矢《そや》はてっきり的《まと》と集りやすい。繕は綻《ほころ》びるを持前とする。綻びた下から醜い正体が、それ見た事かと、現われた時こそ、身の錆《さび》は生涯洗われない」（『虞美人草』十二）

ここで、漱石に学ぶ現代人の生き方のヒントをまとめておこう。

①「自己本位」で自己肯定し、独自性を持つ。
②未来志向の考えで先見性を持つ。
③反戦・平和主義で、時流に染まらない気概を持つ。
④理想と理念を持ち、自分と人のために仕事をする。
⑤躓《つまず》きや恥や自己の弱点を受容する。
⑥誠実さを持って人間関係とコミュニケーションを大切にする。
⑦読書・人との出会い・旅・語学・執筆・絵画・俳句を詠むなど、知的・生産的・創造的生き方をする。
⑧根気強く苦難を乗り越え、生き抜く。

『硝子戸の中』（七と八）で、ある時、漱石のもとに恋に破れた女性が相談に来る。彼女は「死にたい」とつぶやいた。しかし、漱石は彼女を押しとどめ、すべてを癒してくれる「時」の効用を語り、「すべてを癒《いや》す「時」の流れに従って下《くだ》れと云った」。すっかり夜も更けたので、「もう十一時だから御帰りなさい」と言い、彼女を送りがてら漱石は、曲がり角で「死なずに生きていらっしゃい」と声をかける。何と思いやりのある温かい言葉ではないか。漱石はまさに生き方の助言者であると言える。

4　漱石の収入と財産

(1) 漱石の収入

漱石の収入について調べまとめておこう。漱石が就職して給料をいただいた頃の収入は次のとおりであった。

明治十九年、江東義塾の教師、月に五円のアルバイト。

明治二十六年、東京高等師範学校の嘱託教師、年俸四百五十円（月に約三十八円）

明治二十八年、松山中学教員、月俸八十円。（この時、松山中学の校長は、月俸六十円）

明治二十九年、熊本第五高等学校教授、月俸百円。

明治三十三年、官費でイギリス留学、年間手当千八百円（その間家族には年三百円支給）。

明治三十六年、帝国大学講師（年俸八百円）、兼第一高等学校教授（年俸七百円）、

　合計すると、年俸千五百円（月に百二十五円）。

明治三十七年、明治大学の講師（月俸三十円）も兼任。

明治四十年、東京朝日新聞社入社、月俸二百円＋賞与。（東京朝日新聞社の主筆は月俸百七十円）

東大講師としての年収は現在の五百万円程であった漱石を、朝日新聞社が現在でいえば年収千三百万円程でヘッドハンティング。ヘッドハンティングで転職するとは、漱石は現代的である。当時、連載小説が新聞の部数を左右した時代、各紙は小説家の争奪戦を繰り広げていた。坪内逍遥は朝日の誘いを断り読売に入社した。読売の誘いを断り、朝日新聞社に入社（一九〇七年）した漱石だが、優秀な漱石にはこの誘いのほかにもいろいろな仕事の声がかかった。当時は、京都帝国大学から英文科教職としての勧誘もあった。しかし、それらを断り、作家一本で新しい道を歩み始めた。作家を専門の職業とした漱石が手がけた最初の作品である『虞美人草』の連載が始まった。小説を三十七歳から亡くな

るまでの十二年間書き、その間に書いた小説がほぼベストセラーになっている。この短期間でベストセラーを連発できたのは漱石が新聞社に就職したからである

（2）漱石の印税と財産

漱石は現代の作家にも大きく関わる制度、印税の仕組みを整えている。それまでの作家が得られる収入は、出版社が買い取った一作品単位の原稿料のみであった。『坊っちゃん』の原稿料は百四十八円（現在の価値にして約五十万円）だったと知られているが、もしも作品が人気になり増版が決定しても、作家は売り上げを全く貰えず、利益を得るのは出版社だけだった。

漱石はそのような状況を変えようと動いた。記録によると、『坊っちゃん』や『草枕』が収録された作品集『鶉籠《うずらかご》』について、初版の印税は一割五分、第二版以降は二割、六版以降（後には四版以降）は三割と、かなり事細かに要求していることが分かる。更に、最終的に三割となる印税は当時では破格の割合であり、出版社からはあまり良い反応をされなかった

漱石の遺族にどれだけ印税が入ってきたかというと、『三四郎』や『それから』をはじめとする書籍ものだけで、月に三千円。さらに当時すでに漱石全集が刊行されていて、この全集収入が年間一万八千円。これらを足すと、一ヵ月当たりの印税収入は少なくとも四千五百円くらいはあったといわれている。

この数字がいかに大きなものかは、長期の消費者物価指数のデータから物価上昇率でみると、大正時代の一万円は、現在の三千万円以上。漱石の遺族は印税だけで、今ならおよそ千五百万円近くを手にしていたことになる。

夏目家の財産については回想録『漱石の思い出』で鏡子夫人が、死去の二十日ほど前に財産の「大部分を株券に買い代えて」持っており、「葬式ぐらい自分の手でりっぱに」出し、子どもたちの学資を人に頼らずにすんだと書き残している。漱石自身、株の購入や「貨殖の道」について書簡に書き残すなど投資をしていた。投資をするとは、漱石の先見

性と現代性を示す一面が見て取れる。

二〇一六年五月十八日付け朝日新聞記事に「漱石、遺産の大半は「株」、相続資料・葬儀費明細など三十六点発見」がある。

横浜市の神奈川近代文学館が、夏目家遺族が保管していたのを確認、了解を得て明らかにした。漱石は一九一六（大正五）年十二月九日に死去。書類は「東京朝日新聞社記者　夏目金之助」の家督を長男「夏目純一」が相続する際、母（漱石の妻）「夏目キヨ子（鏡子）」との連名で四谷税務署長宛てに届ける一九一七年一月十日付「相続開始届」、財産目録の下書きやメモ、控除対象の葬儀費・医療費の明細、領収書など三十六点約百枚にのぼる。四種類残る「相続財産目録」メモによれば保有株は「台湾銀行株　六十株　第一銀行株　四十株」。それぞれ市場価格で換算され、合計を一万五千四百円と計上しているものがあった。国家公務員初任給や物価を参考に換算すると、現在の金額で約四六〇〇万円になる。ほかに預金五百七十四円、電話、著作や朝日新聞社からの十二月分給料二百円などが計上されている。メモに記載された財産総額は一万九千七百二十四～一万六千五百六十六円と金額も項目もまちまちだが、不動産はなかった。（二〇一六年五月十八日付け朝日新聞記事）

財産のほとんどが株である相続財産目録や葬儀費・医療費の領収書が含まれ、文豪の財産状況や死去前後の様子を知る手がかりになる。

漱石夫妻の投資の指南役は犬塚武夫だった。鏡子夫人の『漱石の思い出』によれば、「小金がたまるとは犬塚さんのところへお届けして、少しずつ株券を買っていただいておいた」とある。漱石は、大正元年九月二十八日付の小宮豊隆宛ての書簡に「犬塚氏への金子弐百九円は愚妻より御渡《おわた》し候由《そうろうよし》」、「御苦労ながら例の株も手に入り候節《せつ》は御持参願上候」と、漱石夫妻は門下生・小宮豊隆を仲介して犬塚に依頼していたようだ。小宮は犬塚のいとこで、犬塚が漱石に紹介した。
犬塚は伯爵小笠原長幹《ながよし》の御傅役《おもりやく》として明治三十五年一月渡英、漱石とは同じ下宿で知りあった。漱石がロンドンで初めて自転車と格闘する「自転車日記」に「監督兼教師」「〇〇氏」として登場する。帰国後、第一銀行に勤めた。

5　現代作家への影響と論評

夏目漱石は多くの作家や読者に影響を与えている。様々な視点から作品解釈ができる可能性が豊穣な作家であり、論評も多い。博覧強記で、漢学・俳句・絵画・落語などはもちろん、洋の東西を問わず博学で、それらが作品に散りばめられている。文芸評論家・作家の小林秀雄は（一九〇二・明治三十五～一九八三・昭和五十八）は、「漱石は抜群の教養があった」と述べている。一方、漱石と同様に高山樗牛批判もした作家の谷崎潤一郎（一八八六・明治十九～一九六五・昭和四十）は、漱石の『門』の組み立てに嘘があるなどとして失敗作と批評した。

現代作家でも漱石の影響を受けていない作家はいないと言われる。丸谷《まるや》才一、藤沢周平らに強い影響を与えた。また、漱石の文体が好きだという話題の現代作家村上春樹にも強い影響力を持っていることは次の章で詳述する。その文体に関して、司馬遼太郎に「恋愛から難しい論文まで書くことの出来る万能の文体」と言わしめている。

夏目漱石の門人内田百閒《ひゃっけん》（一八八九～一九七一）は、漱石オマージュ作品『贋作吾輩は猫である』を書いた。菊池寛賞受賞作家・評論家の小林信彦（一九三二～）は、『坊っちゃん』の「うらなり」を語り手にして漱石小説の後日談『うらなり』を書き、直木賞受賞作家の芦原すなお（一九四九～）は、『新・夢十夜』（実業之日本社）を書いた。小説家・評論家である水村美苗（一九五一～）は、漱石の『明暗』の続編『続明暗』（ちくま文庫・新潮文庫）を書いた。漱石研究で有名な政治学者姜尚中《かんさんじゅん》（一九五〇～）は小説『心』（集英社）を書いている。山形県出身で芥川賞受賞作家の奥泉光（一九五六～、『夏目漱石読んじやえば？』河出書房新社）は『「吾輩は猫である」殺人事件』、『「坊っちゃん」忍者幕末見聞録』などの作品も書いている。『漱石を書く』（岩波書店）を執筆した小説家である島田雅彦（一九六一

〜）は、『こころ』が漱石作品の中で一番嫌いなのでそのうっ憤を晴らすパロディ小説『彼岸先生』（新潮文庫）を書き、村上春樹にも批判的である。

漱石研究で、大岡昇平（一九〇九〜一九八八、小説家・評論家）は一九八九年『小説家夏目漱石』で読売文学賞を受賞した。荒正人《あらまさと》（一九一三〜一九七九、文芸評論家）は一九七五年、漱石の生涯を詳細に調べた『漱石研究年表』で毎日芸術賞を受賞した。吉本隆明（一九二四〜二〇一二、詩人・評論家）は二〇〇三年に『夏目漱石を読む』で小林秀雄賞を受賞した。江藤淳（一九三二〜一九九九、文芸評論家）は『漱石とその時代』（菊池寛賞と野間文芸賞を受賞）等の漱石論で漱石神話をことごとく打破した。柄谷行人《からたにこうじん》（一九四一〜、文芸評論家）は江藤淳に読んでもらいたくて書いた「〈意識〉と〈自然〉漱石試論」で一九六九年に第十二回群像新人文学賞評論部門を受賞し、『漱石論集成』などを出している。漱石作品の解釈に関し、『漱石を読み直す』（ちくま新書、二〇〇二年）などを執筆した国文学者小森陽一（一九五三〜）は一九八七年、夏目漱石の『こころ』の解釈を巡って東京大教授・三好行雄と論争し注目を集めた。国文学者石原千秋（一九五五〜）は『漱石はどう読まれてきたか』（新潮選書、二〇一〇年）を書いている。二人は九〇年代から漱石研究を一緒になってコンビを組んでいたが、最近お互いの批判をしている。柴田勝二《しょうじ》（一九五六〜、大学教授）は『村上春樹と夏目漱石――二人の国民作家が描いた〈日本〉』（祥伝社新書、二〇一一年）を出した。漱石に関する研究書は多く、汗牛充棟《かんぎゅうじゅうとう》というべきほどである。

また、漱石は現代作家に大きくかかわる印税の仕組みを整えた最初の作家でもある。作家としてデビューした当初から自分の仕事に対する報酬を要求して印税契約を取り付けていた。

6　世界の文豪へ

夏目漱石は川端康成や三島由紀夫に比べ、欧米での知名度はそれほど高いとはいえない。しかし、中国や韓国では近代アジアを代表する作家として知られている。中国では最も有名な日本人小説家で、中華民国期に魯迅が漱石の二つの小品を翻訳しているほか、魯迅の弟の周作人も作品を紹介した。ほぼ全ての作品が翻訳され、『吾輩は猫である』は少なくとも二十種類近く翻訳版があるという。漱石は漢詩文への造詣が深く、約二百もの漢詩や漢文の作品があることや、中国の作家と同様、国家や社会への目配りがあることが中国人に親近感を持たれる理由のようである。激動の近代化・西洋化の中でもがく日本の知識人の姿が共感を呼び、漱石は国の違いを超えて普遍性を持つ作家と言えよう。

カナダのピアニスト、作曲家グレン・グールド（Glenn Herbert Gould 一九三二～一九八二）はアラン・ターニーによる英訳で『草枕』を愛読しており、自らラジオ番組で朗読したことがある。アメリカの女流作家・批評家スーザン・ソンタグ（Susan Sontag 一九三三～二〇〇四）は『*Where the Stress Falls*』のなかで「天才的な多芸な作家」と高く評価している。アメリカの日本文学研究家、マイケル・K・ボーダッシュ（Michael K. Bourdaghs 一九六一～）は、心理学や社会学も用いて文学とは何かという問題を考えた『文学論』を世界的な先駆者であるとし、漱石を魯迅、カフカ、ジョイスと並ぶ二十世紀文学の開拓者と評価している。また、イギリスの文芸評論家ダミヤン・フラナガン（Damian Flanagan 一九六九～）は、二〇〇五年に『倫敦塔』の英訳をし、『世界文学のスーパースター夏目漱石』の中で「世界二大文学者はシェークスピアと夏目漱石である」と述べている。

タトル社などからいくつかの作品が英訳版で出され、二〇〇八年七月に *Kusamakura*（『草枕』）がペンギン・クラシックスに登場し、二〇〇九年十一月には *Sanshiro*（『三四郎』）、二〇一〇年五月には *Kokoro*（『こころ』）、二〇一二年十月には *Botchan*（『坊っちゃん』）, が続刊されている。二〇一六年四月には、ジェイ・ルービン翻訳 *The Miner*（『坑夫』）、Kindle電子書籍）が出ている。日本の文豪夏目漱石が海外でも読み継がれ、世界の文豪と呼ばれる日が来るであろう。

7 「吾輩がロボになる」

二〇一六年（平成二十八）六月八日付け『朝日新聞』に「吾輩がロボになる」の記事がでた。「没後百年の今年、よみがえる？ 学校法人二松学舎（東京都千代田区）は、前身の漢学塾で学んだ漱石のアンドロイドを製作する」と発表。二松学舎が二〇一七年に創立百四十周年を迎えるにあたっての記念事業としてとのことで、大学や付属中高の授業でアンドロイドを使い、漱石文学への興味を高めるきっかけにしたいという。出前授業にも活用するという。椅子に座った姿で高さ約百三十センチ、重さ約六十キロ。漱石の命日二〇一六年十二月九日ごろ完成予定で。朗読や簡単な会話ができるというもの。朝日新聞社所蔵の漱石のデスマスクを3Dスキャンして顔を造形し、さまざまな角度の顔が写った写真を見ながらシリコンで覆い、顔を含め全身四四ヵ所に空気圧を使うアクチュエーター（駆動装置）を入れ、人間に近い動きができる。声で協力する漱石の孫の夏目房之介（学習院大学教授・マンガ批評、一九九九年手塚治虫文化賞特別賞受賞）の父純一が九歳の時に漱石は亡くなり、漱石と成人した純一は骨格が似ており、そして、純一と房之介は声が似ていて電話口でよく間違えられたとのこと。房之介の身長は漱石（約百五十九センチ）とほぼ同じ。房之介と漱石の声は似ている可能性があるとのことである。そのアンドロイドが作品を朗読するという。二〇一六年十二月十日一般公開された。

東京都新宿区は。夏目漱石が晩年を過ごし、芥川龍之介ら多くの門下生が出入りした「漱石山房」と呼ばれた家の一部復元を進めている。漱石生誕百五十年となる二〇一七年九月に初の夏目漱石記念館として開館する「漱石山房記念館」（仮称）内に併設されるとのことである。

一方、漱石の英国留学に関する資料を集め、漱石の当時の暮らしぶりが分かる貴重な施設「ロンドン漱石記念館」が、入館者数減などから二〇一六年九月に残念ながら三十二年間の運営に幕を閉じ閉館した。

第三章　漱石と村上春樹

1　村上春樹の生い立ち

村上春樹《はるき》（一九四九・昭和二十四〜）は日本の小説家、アメリカ文学翻訳家で、京都府京都市伏見区に生まれた。父が私立甲陽学院中学校の教師として赴任したので兵庫県西宮市の夙川に転居。父は京都府長岡京市粟生の浄土宗西山派光明寺住職の息子、母は大阪・船場の商家の娘という生粋の関西人で、春樹は関西弁を使って暮らした。また、両親ともに国語教師であり、本好きの親の影響を受け読書家に育った。西宮市立浜脇小学校入学、西宮市立香櫨園小学校卒業。芦屋市立精道中学校から兵庫県立神戸高等学校に進んだ。両親が日本文学について話すのにうんざりし、欧米翻訳文学に傾倒し、親が購読していた河出書房の『世界文学全集』と中央公論社の『世界の文学』を一冊一冊読み上げながら十代を過ごした。また中学時代から中央公論社の全集『世界の歴史』を読んだ。神戸高校では新聞委員会に所属。自己流でペーパーバックを読み始めるが、英語の授業は二の次であったため成績は芳しくなかったという。

一年の浪人生活後、一九六八年に早稲田大学第一文学部演劇科に入学。在学中は演劇博物館で映画の脚本を読みふけり、映画脚本家を目指してシナリオを執筆するなどしていたが、大学にはほとんど行かず、新宿でレコード屋のアルバイトをしながら歌舞伎町のジャズ喫茶に入り浸る日々を送った。一九七〇年代はじめ、東京都千代田区水道橋にあったジャズ喫茶「水道橋スウィング」の従業員となり、一九七一年に高橋陽子と学生結婚し、一時文京区で寝具店を営む夫人の家に間借りした。在学中の一九七四年、国分寺にジャズ喫茶「ピーター・キャット」を開店（店名は以前飼っていた猫の名前から。夜間はジャズバー）。一九七五年、七年間在学した早稲田大学を卒業。卒業論文は「アメリカ映画における旅の系譜」で、アメリカン・ニューシネマと『イージー・ライダー』を論じた。指導教授は印南高一（印南喬）。一九七七年、「ピーター・キャット」を千駄ヶ谷に移した。

2　村上春樹の作家活動

一九七九年『風の歌を聴け』で群像新人文学賞を受賞し、『群像』同年六月号に掲載され、作家デビューをした。カート・ヴォネガット、ブローティガンらのアメリカ文学の影響を受けた文体で現代の都市生活を描いて注目を集めた。『風の歌を聴け』が第八十一回芥川龍之介賞および第一回野間文芸新人賞候補、翌年『一九七三年のピンボール』で第八十三回芥川龍之介賞および第二回野間文芸新人賞候補となった。一九八一年、専業作家となることを決意し、店を人に譲った。同年五月、初の翻訳書『マイ・ロスト・シティー―フィッツジェラルド作品集』を刊行。翌年、本格長編小説『羊をめぐる冒険』を発表し、第四回野間文芸新人賞を受賞。

一九八五年、二つの物語が交互に進行していく長編『世界の終りとハードボイルド・ワンダーランド』を発表し、第二十一回谷崎潤一郎賞受賞。一九八六年十月、ヨーロッパに移住（主な滞在先はギリシャ、イタリア、英国）。一九八七年、一〇〇パーセントの恋愛小説という『ノルウェイの森』が、上下四百三十万部を売る大ベストセラーとなった。これをきっかけに村上春樹ブームが起き、国民的作家と目されるようになった。一九八九年には『羊をめぐる冒険』の英訳版『Wild Sheep Chase』が出版された。その他の主な作品に『ねじまき鳥クロニクル』『海辺のカフカ』『1Q84』などがある。二〇〇六年、フランツ・カフカ賞をアジア圏で初めて受賞し、以後日本の作家の中でノーベル文学賞の最有力候補と見なされた。

デビュー以来、翻訳も精力的に行い、スコット・フィッツジェラルド、レイモンド・カーヴァー、トルーマン・カポーティー、レイモンド・チャンドラーほか多数の作家の作品を訳している。また、随筆・紀行文・ノンフィクション等も出版している

一九九一年、ニュージャージー州プリンストン大学の客員研究員として招聘され渡米する。翌年、在籍期間延長のため客員講師に就任する。現代日本文学のセミナーで第三の新人を講義、サブテキストとして江藤淳の『成熟と喪失』を

用いた。

一九九四年四月、『ねじまき鳥クロニクル 第一部』『同 第二部』刊行。一九九二年から『新潮』に連載されたもので、ノモンハン事件などの歴史を織り込みながら人間の中に潜む暴力や悪を描いて話題を集めた。

一九九五年六月、帰国。同年八月、『ねじまき鳥クロニクル 第三部』刊行、翌年第四十七回読売文学賞受賞。一九九六年六月、「村上朝日堂ホームページ」を開設。一九九七年三月、地下鉄サリン事件の被害者へのインタビューをまとめたノンフィクション『アンダーグラウンド』を刊行。それまではむしろ内向的な作風で社会に無関心な青年を描いてきた村上が、社会問題を真正面から題材にしたことで周囲を驚かせた。なまなましい現実にふれる著作で、六十二人の被害者の体験談が熟練の小説家の筆で克明に記されている。サリン中毒の症状を読者に体感的に伝える力にすごみがある。積み重ねられた六十二人の「トラウマ語り」は、地下鉄サリン事件という「この世をこえたすごいもの」を鮮烈に表現。一九九九年、『アンダーグラウンド』の続編で、オウム真理教信者へのインタビューをまとめた『約束された場所で』が第二回桑原武夫学芸賞受賞。二〇〇〇年二月、阪神・淡路大震災をテーマにした連作集『神の子どもたちはみな踊る』が刊行。

この時期、社会的な出来事を題材にするようになったことについて、村上自身は次のように「コミットメント」という言葉で言い表している。


「それと、コミットメント（かかわり）ということについて最近よく考えるんです。たとえば、小説を書くときでも、コミットメントということがぼくにとってはものすごく大事になってきた。以前はデタッチメント（かかわりのなさ）というのがぼくにとっては大事なことだったんですが」（『村上春樹、河合隼雄に会いに行く』新潮文庫）

「『ねじまき鳥クロニクル』は、ぼくにとっては第三ステップなのです。まず、アフォリズム、デタッチメントがあって、次に物語を語るという段階があって、やがて、それでも何か足りないというのが自分でわかってきたんです。そこの部分で、コミットメントということがかかわってくるんでしょうね。ぼくもまだよく整理していないのですが」(同右)

「コミットメント」はこの時期の村上の変化を表すキーワードとして注目され、多数の評論家に取り上げられた。阪神の震災と地下鉄サリン事件の二つの出来事について、「ひとつを解くことはおそらく、もうひとつをより明快に解くことになるはずだ」と彼は述べている。

二〇〇二年九月、初めて少年を主人公にした長編『海辺のカフカ』を発表。二〇〇四年にはカメラ・アイのような視点が登場する実験的な作品『アフターダーク』を発表。二〇〇五年、『海辺のカフカ』の英訳版 ***Kafka on the Shore*** が『ニューヨーク・タイムズ』の"The Ten Best Books of 2005"に選ばれ国際的評価の高まりを示した。二〇〇六年、フランツ・カフカ賞、フランク・オコナー国際短編賞(Frank O'Connor International Short Story Award)と、国際的な文学賞を続けて受賞。特にカフカ賞は、前年度の受賞者ハロルド・ピンター、前々年度の受賞者エルフリーデ・イェリネクがいずれもその年のノーベル文学賞を受賞していたことから、二〇〇六年度ノーベル賞の有力候補として話題となった。

二〇〇八年六月三日、プリンストン大学は村上を含む五名に名誉学位を授与したことを発表した。村上に授与されたのは文学博士号である。

二〇〇九年二月、エルサレム賞を受賞。当時はイスラエルによるガザ侵攻が国際的に非難されており、この受賞については大阪の市民団体などから「イスラエルの戦争犯罪を隠し、免罪することにつながる」として辞退を求める声が上がっていた。しかし、村上は賞を受けエルサレムでの授賞式に出席。記念講演では「この賞を受けることがイスラエルの政策を承認したとの印象を与えてしまわないかと悩んだ」ことを告白し、その上で「あまりに多くの人が『行かないように』と助言するのでかえって行きたくなった」「何も語らないことより現地で語ることを選んだ」と出席理由を説明した。そして「高くて固い壁があり、それにぶつかって壊れる卵があるとしたら、私は常に卵側に立つ」と、イスラエル軍によって千人以上のガザ市民が命を落としたことをイスラエルのペレス大統領の面前で批判した。さらに「私たちはみな国籍や人種・宗教を超えてまず人間であり、『システム』という名の壁に直面する壊れやすい卵なのです」と語った。スピーチの途中からペレス大統領の顔はこわばってきたという。

二〇〇九年五月、長編小説『1Q84』BOOK 1およびBOOK 2を刊行。同年十一月の段階であわせて合計二百二十三万部の発行部数に達した。同作品で毎日出版文化賞受賞。同年十二月、スペイン政府からスペイン芸術文学勲章が授与され、それによりExcelentísimo Señorの待遇となった。

二〇一一年六月、カタルーニャ国際賞を受賞。副賞である八万ユーロ（約九百三十万円）を東日本大震災の義援金として寄付。カタルーニャ国際賞の受賞スピーチでは日本の原子力政策を批判した。

二〇一二年九月二十八日、『朝日新聞』朝刊にエッセイ「魂の行き来する道筋」を寄稿した。その中で、日中間の尖閣諸島問題や日韓間の竹島問題によって東アジアの文化交流が破壊される事態を心配して、「領土問題が「感情」に踏み込むと、危険な状況を出現させることになる。それは安酒の酔いに似ている。安酒はほんの数杯で人を酔っ払わせ、頭に血を上らせる」「しかし賑やかに騒いだあと、夜が明けてみれば、あとに残るのはいやな頭痛だけだ」「安酒の酔いはいつか覚める。しかし魂が行き来する道筋を塞いではしまってはならない」と警告した。

長らく講談社英語文庫版のみで国外での刊行が一切行われていなかった『Hear the Wind Sing』と『Pinball, 1973』の新訳が、二〇一五年秋にHarvill Seckerから出版。翻訳者はテッド・グーセン。

二〇一五年一月十五日、ホームページ「村上さんのところ」を開設した。その中で共感を呼ぶ一文がある。「僕ももう六十を過ぎていますが、今でもよく不安になります。どうしたらいいのかなと迷ったりします」（やりたいことが見つからない高三生より・村上さんのところ／村上春樹期間限定公式サイト。それが『村上さんのところ』（新潮社、村上春樹著で四七三通収録。三七一六通すべてを収めた電子ブックも同時刊行〉として刊行された。この年デンマークのハンス・クリスチャン・アンデルセン文学賞（二〇一五）を受賞した。

また、同年、『職業としての小説家』（スイッチ・パブリッシング）が出版された。村上春樹が、自身の小説の現場と、それを支える文学や世界への考えをめぐって語り尽くした待望の一冊である。世界的に高い知名度を誇りながら多くの神秘のヴェールに包まれてきた作家・村上春樹を、全十二章のバラエティ豊かな構成で、自伝的な挿話と味わい深いユーモアとともに解き明かしていく。芥川賞、ノーベル賞など、時に作家の周辺を騒がせてきた「文学賞」の存在について、彼自身はどう考えているのか、三・一一東日本大震災を経たこの国のどこに問題があると見ているのか、衰えぬ創造力で書き続けているのか、などが記述されている。「小説家であり続けるための技術」について、具体的に表現すると、毎日原稿用紙十枚分（四千文字）の文章を書く、文章は長い時間をかけて推敲し、自分の中のベストをつくしたと思える状況をつくる、一日一時間は運動する、などのような作業を習慣化することになると述べている。

3　村上作品の特徴（平易な文章と難解な物語）

平易で親しみやすい文章は村上がデビュー当時から意識して行ったことであり、村上によれば「敷居の低さ」で「心に訴えかける」文章は、アメリカ作家のブローティガンとヴォネガットからの影響だという。「文章はリズムがいちばん大事」とは村上がよく話す言葉だが、そう思うに至った理由を次のように説明している。「何しろ七年ほど朝から晩までジャズの店をやってましたからね、頭のなかにはずっとエルヴィン・ジョーンズのハイハットが鳴ってるんですよね」。

村上春樹の平易な文章の例をあげよう。

「昼過ぎに暗雲がとつぜん頭上を覆う。空気が神秘的な色に染められていく。間をおかずはげしい雨が降りだし、小屋の屋根や窓ガラスが痛々しい悲鳴をあげる。僕はすぐに服を脱いで裸になり、その雨降りの中に出て行く。石鹸で髪を洗い、身体を洗う。すばらしい気分だ。僕は大声で意味のないことを叫んでみる。大きな硬い雨粒が小石のように全身を打つ。そのきびきびした痛みは宗教的な儀式の一部のようだ。それは僕の頬を打ち、瞼を打ち、胸を打ち、腹を打ち、ペニスを打ち、睾丸を打ち、背中を打ち、足を打ち、尻を打つ。目を開けていることもできない。その痛みには間違いなく親密なものが含まれている。この世界にあって、自分が限りなく公平に扱われているように感じる。僕はそのことを嬉しく思う。自分がとつぜん解放されたように感じる。僕は空に向かって両手を、口を大きく開け、流れ込んでくる水を飲む」（『海辺のカフカ』）

隠喩（例：雪の肌、バラの微笑み）の巧みさについて、斎藤環は「隠喩能力を、異なった二つのイメージ間のジャンプ力と考えるなら、彼ほど遠くまでジャンプする日本の作家は存在しない」と評している(注1)。

一方、文章の平易さに対して作品のストーリーはしばしば難解だとされる。村上自身はこの「物語の難解さ」について、「論理」ではなく「物語」としてテクストを理解するよう読者に促している。物語中の理解しがたい出来事や現象を、村上は「激しい隠喩」とし、魂の深い部分の暗い領域を理解するためには、明るい領域の論理では不足だと説明している。このような「平易な文体で高度な内容を取り扱い、現実世界から非現実の異界へとシームレスに（＝つなぎ目なく）移動する」という作風は日本国内だけでなく海外にも「春樹チルドレン」と呼ばれる、村上の影響下にある作家たちを生んでいる。また、村上の作品は従来の日本文学と対比してしばしばアメリカ的・無国籍的とも評され、その世界的普遍性が高く評価されてもいるが、村上自身によると村上の小説はあくまで日本を舞台とした日本語の「日本文学」であり、無国籍な文学を志向しているわけではないという。なお村上が好んで使用するモチーフに「恋人や妻、友人の失踪」があり、長編、短編を問わず繰り返し用いられている。

（注1）斎藤環「解離の技法と歴史的外傷」『ユリイカ臨時増刊 村上春樹を読む』（青土社、二〇〇〇年、六五～六六頁）

4　丸谷才一の村上春樹作品評

丸谷才一（一九二五～二〇一二）は村上春樹が『若い読者のための短編小説案内』でとりあげている作家のひとりである。丸谷才一の短編小説、及びそれを表題とした短編小説集「樹影譚」を分析している。

「「鈍感な青年」はちょっと奇妙な読後感がある作品。青年二十四歳と娘二十歳の初体験の失敗談。若者らしい心の動きを面白く描いている。わしらもこういう時があったような……」

そして、その文章の最後で村上春樹はこう述べている。

「この人は本質的には、うまいという以上に実は不器用な作家なんじゃないか。そう思わざるをえないのです。僕は出身地がどこだから性格がどうこうというようなステレオタイプな考え方をあまり好まない人間ですが、でもそういう意味ではこの作家はいかにも「東北人」らしいなと感じるところがないではない」

その丸谷才一は村上春樹を高く評価している。第二十二回群像新人文学賞における『風の歌を聴け』（一九七九年）の丸谷才一の選評がある。「とにかくなかなかの才筆で、殊に小説の流れがちっとも淀んでゐないところがすばらしい。二十九歳の青年がこれだけのものを書くとすれば、今の日本の文学趣味は大きく変化しかけてゐると思はれます。この新人の登場は一つの事件ですが、しかしそれが強い印象を与へるのは、彼の背後にある（と推定される）文学趣味の変革のせいでせう」。

第八十一回芥川賞（一九七九年七月発表）の候補作における『風の歌を聴け』選評。受賞には至らなかった。丸谷の選評は次のとおり。「もしもこれが単なる模倣なら、文章の流れ方がこんなふうに淀みのない調子ではゆかないでせう。それに、作品の柄がわりあい大きいやうに思ふ」。瀧井孝作の評は「外国の翻訳小説の読み過ぎで書いたような、ハイカラなバタくさい作だが……。（中略）しかし、異色のある作家のようで、わたしは長い目で見たいと思った」。大江健三郎の評は次のとおりである。「今日のアメリカ小説をたくみに模倣した作品もあったが、それが作者をかれ独自の創造に向けて訓練する、そのような方向付けにないのが、作者自身にも読み手にも無益な試みのように感じられた」

第八十三回芥川賞（一九八〇年七月発表）の候補作に『一九七三年のピンボール』が選ばれるが、これも受賞には至らなかった。丸谷才一の選評は次のとおりである。「村上春樹さんの中篇小説は、古風な誠実主義をからかひながら自分の青春の実感である喪失感や虚無感を示さうとしたものでせう。ずいぶん上手になつたと感心しましたが、大事な仕掛けであるピンボールがどうもうまくきいてゐない。双子の娘たちのあつかひ方にしても、もう一工夫してもらひたいと思ひました」。

大江健三郎と吉行淳之介が支持に回ったものの、井上靖、中村光夫らは拒否した。その後村上春樹が長編小説を仕事の中心にしたこともあって、作品が芥川賞（芥川賞は中編、短編が対象）の候補に選ばれることはなかった。村上春樹がのちに世界的な作家へ成長したことにより、この「取りこぼし」はしばしば芥川賞に対する批判の的となる。

『羊をめぐる冒険』（一九八二年）の丸谷才一の選評は次のとおり。「現代日本人と、日本の持ってる土俗的なものとの関係をずいぶんよく書いているな、と思ってぼくは面白かった。そういう、現代日本にある土俗的なもの、古代的なものに対して、日本の若い知識人が持っている知的困惑、それをあのくらい丁寧に付き合って書いた小説はないんじゃないの。非常に面白いところをやっているとぼくは思います。知的冒険という性格の小説で、なかなかいいとぼくは思う。あれは一種の『古事記』だもの（笑）」。

第二十一回谷崎潤一郎賞における『世界の終りとハードボイルド・ワンダーランド』（一九八五年）の丸谷才一の選

評は次のとおりである。「村上春樹氏の『世界の終りとハードボイルド・ワーンダーランド』は、優雅な抒情的世界を長篇小説といふ形でほぼ破綻なく構築してゐるのが手柄である。われわれの小説がリアリズムから脱出しなければならないことは、多くの作家が感じてゐることだが、リアリズムばなれは得てしてデタラメになりがちだつた。しかし村上氏はリアリズムを捨てながら論理的に書く。独特の清新な風情はそこから生じるのである。この甘美な憂愁の底には、まことにふてぶてしい、現実に対する態度があるだらう」。

5　村上春樹の生活・趣味・嗜好

村上春樹はかつてたばこ一日三箱を喫うヘビースモーカーであった。『羊をめぐる冒険』の執筆が完了した後に禁煙した。一方、飲酒については好意的である。アイルランドのウィスキー賛歌ともいえるエッセイ『もし僕らのことばがウィスキーであったなら』（平凡社、一九九九年十二月）なども著している。

また、猫好きであり、大学生の頃からヨーロッパで生活する一九八六年まで多くの猫を飼った。ヨーロッパに渡る前、飼っていた猫を講談社の当時の出版部長に預ける。その時に条件として、書き下ろしの長編小説を渡す、という約束をした。この書き下ろしの長編小説が『ノルウェイの森』である。「猫」は村上小説の中で重要な役割を果たすことが多い。仕事で海外を飛び回ることが多いため、現在飼うことは断念しているという。

身長一六八センチ、体重六十キロで、趣味としてのマラソンを続けている。トライアスロンにも参加している。冬はフルマラソン、夏はトライアスロンというのが最近の流れである。これは、小説を集中して書き続けるために体力維持に励んでいる、という理由による。毎朝四時か五時には起床し、日が暮れたら仕事はせずに、夜は九時すぎには就寝する。ほぼ毎日十キロ程度をジョギング、週に何度か水泳、ときにはスカッシュなどもしている。

また、中学生の頃からジャズ・レコードの収集をしており、膨大な量のレコードを所有している（一九九七年当時で三千枚）。音楽はジャズ、クラシック、ロックなどを好んで聴く。エルヴィス・プレスリーやビートルズ、ザ・ビーチ・

ボーイズをはじめとする古いロックはもちろん、レディオヘッド、オアシス、ベックなどの現代ロックを聴き、最近ではコールドプレイやゴリラズ、スガシカオのファンを公言している。常に何か新しいものに向かう精神が大事なのだという。そして、作品の中にも「ビートルズの『ノルウェイの森だった』。そしてそのメロディーはいつものように僕を混乱させた」（『ノルウェイの森』）というように多くの作品に取り入れている。

村上春樹は俳句をほとんど詠んでいない。しかし、昭和三十四年十二月、村上春樹が小学校五年生の時、香櫨園小学校文集創刊号が発行。その中に彼の作品として次の俳句が掲載されている。

「風鈴のならぬ廊下のあつさかな」、「風鈴のたんざく落ちて秋ふかし」、「夙川の土手に根をはる大いちょう」

布引

「滝のそば小鳥のさえずる音もなく」、「滝落ちて岩にぶつかる水しぶき」

6　漱石と村上春樹の男女三角関係作品

村上春樹は、文体に強く惹かれた作家の具体例として、「僕が文体としてこれまで強く惹かれた人々を具体的にあげると、フィッツジェラルド、カポーティー、チャンドラー、ブオネガット、夏目漱石、その他いろいろあります」と述べている。そして、「僕は漱石って好きですが、『明暗』と『こころ』だけはどうしても好きになれません」（余裕やユーモアが感じられないから）と述べている。

漱石は約十年間で多くの男女三角関係小説を執筆した。漱石の男女三角関係作品として、『虞美人草』（小野・藤尾・小夜子）、『三四郎』（三四郎・美禰子・野々宮）、『それから』（代助・三千代・平岡）、『門』（宗助・御米・安井）、『彼岸過迄』（須永・千代子・高木）、『行人』（一郎・二郎・直）、『こころ』（先生・お嬢さん（先生の奥さん）・K）、『明暗』（清子・津田・お延）がある。

一方、村上春樹も漱石の影響を受け男女三角関係作品を書いている。初期三部作（鼠三部作）と言われているものに、『風の歌を聴け』（一九七九：僕、鼠、小指のない女）、『一九七三年のピンボール』（一九八〇：僕、双子の女子鼠）、『羊をめぐる冒険』（一九八二：僕、妻、ガールフレンド、鼠）がある。他にも、『ノルウェイの森』（一九八七：僕、キズキ、直子、緑）、『スプートニクの恋人』（一九九九：僕、ミュウ、すみれ）、短編「蜂蜜パイ」（一九九九：淳平、小夜子、高槻）などがある。

7　『こころ』と『ノルウェイの森』の類似性

漱石の『こころ』が現代作家に与えた影響をはっきりと確認できる作品の一つに村上春樹の『ノルウェイの森』を挙げることができる。『こころ』と『ノルウェイの森』に類似点が散見されるので比較しみよう。

・『こころ』のあらすじ

「先生と私」：先生と私は鎌倉の海岸で知り合い、帰京してからも先生のお宅をたびたび尋ねるようになった。親しくなっても、先生には不思議な感じが消えないまま。先生を包む暗い影の正体を知るため、私は先生に過去を話してくれと頼んだところ「あなたは真面目ですか」と問うた上で、時が来たら話すと約束をした。

「両親と私」：大学を卒業した私が帰省すると、死の病を得た父のもとでしばらく過ごすことになった。なかなか上京できぬまま過ごしているうちに、先生からの遺書を受け取ることになり、危篤の父を残し先生のいる東京へ走った。

「先生の遺書」：若くして両親を亡くした先生は、信頼していた叔父に遺産を横領されて人間不信に陥り、故郷を捨てた。上京し、下宿した家の一人娘・静に惚れるが、告白できないでいた。しかし、援助するつもりで同居させた友人のKが先に静への恋心を先生に告白。それに動揺した先生は、Kを出し抜いて静との結婚を決めてしまった。Kは自殺した。結婚後も、その罪を感じ続けた先生は、明治の精神とともに殉死する決心をし、私へと遺書を書いた。

・『ノルウェイの森』のあらすじ

「僕とキズキと直子」：僕とキズキは高校の同級生でいつもつるんでいた。時々、キズキの彼女直子と三人で遊んでいた。ある日突然、キズキが自殺する。

「僕と直子」：僕は大学に入学し、思いがけず直子と東京で再会した。そして初めて直子の二十歳の誕生日に彼女と寝た。翌日彼女は姿を消し、しばらくして、今は京都の精神病の療養所に入っているという手紙が届く。

「僕と直子と緑」：同じ大学の緑と僕は付き合うようになった。僕の二十歳の誕生日の三日後、直子から手編みのセーターが届く。緑とは、直子への思いから一線を越えなかった。それからしばらくして直子は自殺した。

『こころ』と『ノルウェイの森』の内容の「類似性」がある。『こころ』の中で、封建的で国家主義の社会から、合理主義・自由主義・資本主義社会への移り変わりの中、このような淋しさや孤独、自己喪失が付きまとうことを、百年前の漱石は早くも見抜いていた。村上春樹も『こころ』から七十三年後の『ノルウェイの森』で、そうした現代社会の淋しさや孤独を描き出している。孤独な現代人や一人っ子に好まれ読まれているのである。

『こころ』と『ノルウェイの森』の「類似点」は、①先生が自殺と直子が自殺すること、②「手紙」を通して一部「本心」が語られることである。先生から私あての遺書（生前の先生）「私の鼓動が停まった時、あなたの胸に新しい命が宿ることができるなら満足です」と、直子から僕あての手紙（レイコさん）「あなたがもし直子の死に対して何か痛みのようなものを感じるのなら、あなたはその痛みを残りの人生をとおしてずっと感じつづけなさい。そしてもし学べるものなら、そこから何かを学びなさい」がある。また、類似点として、③二人とも装丁を自分自身でしているところもあげることができる。

村上春樹は漱石作品を精読し、類似性を作品に持たせている。「羊」は、『三四郎』の美禰子（ストレーシープ）と『羊をめぐる冒険』の「羊男」に現れる。村上春樹の『ねじまき鳥クロニクル』の夫妻は、『門』の夫妻をモデルにしており、戦争等の巨大な暴力を本格的に扱っている。「『ねじまき鳥クロニクル』を書くときにふとイメージがあったのは、やはり漱石の『門』の夫婦ですね」（『河合隼雄対話集　こころの声を聴く』）と述べている。

村上春樹は夏目漱石の『虞美人草』と『坑夫』について次のように語っている。

「彼自身のスタイルも初期から比べてずいぶん変わってきていますね。たとえば『虞美人草』と『明暗』を比べるとものすごく違いますね。僕はどっちかというと『虞美人草』とか『坑夫』のほうが好きなんです」（『河合隼雄対話集　こころの声を聴く』）

『海辺のカフカ』第十三章から「僕」と大島さんの会話にも登場するのでを引用しよう。、

「君はここで今、一生懸命なにを読んでいるの？」「今は漱石全集を読んでいます」と僕は言う。

（……）

「ここに来てからどんなものを読んだの？」「今は『虞美人草』、その前は『坑夫』です」（『海辺のカフカ』第十三章）

8　文体や視点の比較など

(1) 文体について

漱石は文学作品で視覚的情景を言葉に表し、絵画的な言語表現と流暢な流れを持つ表現をしている。『坊っちゃん』も『草枕』もそれぞれ文体が異なっている。司馬遼太郎は漱石の文体を「恋愛から難しい論文まで書くことの出来る万能の文体」と述べている。

一方、村上春樹は聴覚的情景を表現し、想像性豊かな比喩が密集した言語表現を散りばめている。文体の変化は見られない。

『小澤征爾さんと、音楽について話をする』（村上春樹著　新潮社）で、村上春樹は漱石の文章について次のように述

べている。

（小澤征爾）

そうか、そういうことか。夏目漱石なんてどうなんだろう？

（村上春樹）

夏目漱石の文章はとても音楽的だと思います。すらすらと読めますね。今読んでも素晴らしい文章です。あの人の場合は西洋音楽というよりは、江戸時代の「語りもの」的なものの影響が大きいような気がしますが、でも耳はとっても良い人だと思います。

ジェイ・ルービン（一九四一～、ワシントンD.C.生まれ。ハーバード大学名誉教授、翻訳家）は、芥川龍之介、夏目漱石など日本を代表する作家の作品翻訳を多数手がけている。*Sanshiro* / Natsume Sōseki ; Tokyo : University of Tokyo Press. - Seattle : University of Washington Press, 1977.（夏目漱石『三四郎』）、*The Miner* / Natsume Sōseki ; Tokyo : Carles E. Tuttle, 1988.（夏目漱石『坑夫』）、*Rashōmon and Seventeen Other Stories* / Ryūnosuke Akutagawa ; London : Penguin, 2006. - Penguin classics（『芥川龍之介短篇集』新潮社、二〇〇七年）等である。特に村上春樹作品の翻訳家として世界的に知られている。二〇〇三年、村上の長編小説『ねじまき鳥クロニクル』の翻訳で第十四回野間文芸翻訳賞を受賞した。

彼は夏目漱石と村上春樹の類似点として「還元的感化」を挙げている。「還元的感化」とは、作家と読者の間に「純粋かつ個人的な関係」が構築されるたぐいの感化。作品そのものが、読者の心にストレートに飛び込んでいくことである。平易で明快でテンポがよい文体だからであろう。漱石作品や村上作品には人々に「内省させる力」があると述べている。

「僕は村上さんの世界に入る前は、夏目漱石、芥川龍之介、国木田独歩など明治期の文学者を研究してきたのですが、特に漱石に見られるように心理の深いところにもぐりこみ、機微に触れる作家が好きでした」（『東洋経済』Online 二〇一五年九月二十五日）

「実は、漱石なども同じだと思います。漱石の言葉に、「還元的感化」という言い方があります。彼の「文芸の哲学的基礎」という講演をもとにまとめられた論文に出てくるもので、僕は最初に読んだとき、強い印象を受けました」（同右）

（2）視点について

漱石の視点は人間の側から自然へ向かい、また人間の内部に回帰するという反復の中で、人間の心の中にある自然と不自然を描き、その中から人間のめざすべき真の美を抽出しようとしている。

村上春樹の視点は、人間の持つ心の闇、意識するとしないに拘わらず、実は誰もが持っている心の深い井戸の底へ自己の意識を掘り下げることによって、あるいは壁を往来させることによって自己を再構築させ、社会の一分子として存在できる状態にするようになっている。

漱石は、自分の存在は「過去から切り離せない」ものとし、村上春樹は人間の存在は「歴史から切り離せない」ものとして描いている。時代による苦悩の現れ方の差異はあるものの、最終的にはいずれも人間社会の中で「自分とはいかなる存在か」「いかに自分という人間であるか」を問いかける。ただ立地的に漱石の場合は「自己本位」にみるように、「民」としての自分の割合が多く、村上春樹の場合は「個」としての自分の比率が高いように思う。

文学作品は時代を感じるトンネルで、村上春樹と夏目漱石、両者の作品を比較することで近代と現代の恋愛観のズレがよく分かる。たとえば、夏目漱石が『それから』の中で描く主人公は、好きな女性を自らの人生に抱き取ろうと懸命になるが、村上春樹が『ノルウェイの森』で描く主人公は亡き人を一生思い、大切に心に抱き続ける。両者とも、その時代の男性の感受性に訴えかけるものがある。

第二部　夏目漱石と庄内の文人たち

第四章　漱石と庄内の文人たちとの関わり

1　庄内地方とは？

東北の日本海沿岸にある山形県庄内地方には、庄内平野北部の酒田市と南部にある鶴岡市の二つの市がある。「酒田は進取《しんしゅ》の風《ふう》、鶴岡は沈潜《ちんせん》の風《ふう》」と言われ、二つの価値観が共有されているユニークな地方である。鳥海山のふもとにある港町で商業都市酒田市の近代的な「進取の風」に対して、鶴岡市は江戸時代、酒井家が鶴岡藩（通称　庄内藩）十四万石の領主として治めた城下町で、新田開発を推し進める一方、藩士教育にも力を入れ、荻生徂徠《おぎゅうそらい》を教学とする自学自習を重んじた独自の教育文化を創り上げた。その教育風土と気質は、明治の政治家で漢学者の副島種臣《そえじまたねおみ》に「沈潜の風」と評された。

鶴岡市の郊外には庄内米やだだちゃ豆の農地が広がる。海水浴場が点在する沿岸部にはクラゲドリーム館の加茂水族館、海水浴をしたり海を眺めながら温泉と海の幸を堪能できる湯野浜温泉がある。東部には、東北地方最古の仏塔で国宝に指定されている五重塔と出羽三山神社が建つ羽黒山（人々の現世利益を叶える現在の山）、弥陀《みだ》ケ原の湿原が美しい月山（標高一、九八〇ｍでその高く秀麗な姿から祖霊が鎮まる過去の山）、奥宮である湯殿山（お湯の湧き出る赤色の巨岩が新しい生命の誕生を表す未来の山）が鎮座している。修験道の霊地である三山を巡ることは江戸時代に庶民の間に広がり、これが「自然と信仰が息づく『生まれかわりの旅』～樹齢三〇〇年を超える杉並木につつまれた二四四六段の石段から始まる出羽三山～」として、二〇一六年（平成二十八）に文化庁の日本遺産に認定された。出羽三山神社には東北地方で唯一、皇族（蜂子皇子《はちこおうじ》）の墓がある。二〇一七年（平成二十九）には、酒田市が七道県十一市町で申請した北前船寄港地「荒波を越えた男たちの夢が紡いだ異空間～北前船寄港地・船主集落」で、鶴岡市は日本最北限の絹産地で、古くから絹（シルク）の原料となる蚕を育てる養蚕《ようさん》産業が盛んなため「サムライゆかりのシルク　日本近代化の原風景に出会うまち鶴岡へ」が日本遺産に認定された。

　庄内地方は鶴岡市生まれの高山樗牛《ちょぎゅう》、田澤稲舟《いなぶね》、酒田市生まれの阿部次郎など明治の文豪を輩出、大正・昭和では鶴岡市生まれの丸谷才一、藤沢周平、佐藤賢一（一九六八・昭和四十三～、東北大学大学院文学研究科でヨーロッパ中世史を学び、平成十一年『王妃の離婚』で第百二十一回直木賞受賞）と続く。関東軍参謀として満州事変と満州国建設を指揮したことで知られる石原莞爾《いしわらかんじ》の故郷でもあり、東京裁判の時に東条英機《とうじょうひでき》の頭をたたいたことで知られる国粋主義的思想家大川周明の育った地でもある。大川周明は、丸谷才一の『裏声で歌へ君が代』に出てくる右翼的な人物（大田黒周道）のモデルである。小説家の森敦《あつし》（一九一二～一九八九）は昭和二十六年夏から翌年にかけて鶴岡市（旧朝日村）注連寺に滞在し、当時の生活をモチーフに描いた小説『月山』で昭和四十九年芥川賞受賞。その後も庄内に滞在し旧朝日村名誉村民となった。

　庄内地方は舟運《しゅううん》により日本海沿いに北上してきた上方《かみがた》（京都・大阪）文化の影響も受け、自然、伝統、文化、産業のあらゆる要素がバランス良く溶け込み、豊かで多彩な伝統文化が息づいている。山海の珍味や農作物にも恵まれ、豊かな食文化も伝承されている。鶴岡市は二〇一五年、日本で初めてユネスコが認めた食文化創造都市となった。街には歴史が語りかけてくる建造物がいくつかある。こうした風土から多くの文化人や文学者が輩出している。

　俳聖松尾芭蕉（一六四四～一六九四）が門人曽良を伴い江戸深川から奥の細道へ旅立ったのは一六八九年（元禄二）三月。約六百里（二四〇〇㎞）五ヵ月におよぶ行脚は幾多の困難をともなったが、それぞれの土地の珍しい風物や人情、風俗に触れ、貴重な文化遺産となった紀行文『奥の細道』を生む実り多い旅となり、山形県内でも多くの名句を残した。出羽三山には、六月三日（新暦七月十九日）から十日まで滞在。この間、五日に羽黒山、八日に月山、湯殿山をめぐり、三霊山をくまなく踏破した。

夏目漱石は明治二十七年八月に東北の松島旅行をして瑞巌寺《ずいがんじ》を詣《もう》でているが、山形県には足を運んだ記録がない。しかし、正岡子規は明治二十六年七月一九日から八月二十日までの約一ヵ月間、松尾芭蕉の足跡を訪ねて東北地方を旅した紀行文『はて知らずの記』があり、八月六日から九日まで山形県内を旅し、最上川を下り庄内地方の清川、酒田に立ち寄り、秋田に向かった。正岡子規は芭蕉に少しの反発を持って「ずんずんと夏を流すや最上川」と詠んだ。高浜虚子も山形県を訪れ「夏山の襟を正して最上川」と詠み、昭和三十一年に庄内地方の「羽黒山」で詠んだ「俳諧を守りの神の涼しさよ」の句碑が出羽三山神社にある。

夏目漱石と山形県庄内の文人達との関わりが多くあるので、それらを次に述べていこう。

2　漱石と高山樗牛と田澤稲舟

(1) 漱石と高山樗牛

高山樗牛《たかやまちょぎゅう》（一八七一・明治四〜一九〇二・明治三十五、本名は斎藤林次郎。東京帝国大学哲学科卒、美学者・文芸評論家、『時代管見』や『滝口入道』（一八九四年読売新聞懸賞小説入選）などの著書がある）は城下町である山形県鶴岡の酒井藩士斎藤親信《ちかのぶ》の二男として生まれ、二歳のとき父の兄高山久平の養子となった。中学時代から文才を発揮し、旧制第二高等学校（仙台）在学中、荘子から引いた「樗牛」のペンネームを使った。ゲーテの『若きウェルテルの悩み』を翻訳している。雑誌『帝国文学』創刊に参加し活躍し、後に雑誌『太陽』の文芸評論を執筆し。二高の教授として赴任したが、一年後再び『太陽』の編集主幹を務めるなど、多方面にわたる評論活動で問題提起した。日本主義を唱え、その後、ニーチェを賛美し個人主義に、最後に日蓮主義に転じ、明治後期の青年らに人気を得た。日本美術の研究で文学博士の称号を得た明治三十五年の暮れ、三十一歳の若さで死去した。

一九〇〇年（明治三十三）九月から漱石は英国留学をするが、同じ時期に三十九名留学し、うち滝廉太郎ら二十名がドイツへ留学した。留学生のひとりであった高山樗牛も審美学研究で独・仏・伊に留学予定であったが、吐血して辞退した。一九〇一年（明治三十四）に雑誌『太陽』に「美的生活を論ず」という評論発表し、文壇をにぎわす。ニーチェの思想に感化されて我の開放と生命感の高揚を説いた。「美的生活」を裏づけ、感性あふれる人柄を示す高山樗牛の名言がある。「天にありては星、地にありては花、人にありては愛、これ世に美しきもの最ならずや」がある。「己の立てるところを深く掘れ。そこには泉あらむ」もある。鶴岡公園には二基の碑文「文は是に至りて畢竟人なり命なり人生也」「吾人は須らく現代を超越せざるべからず」が建立されている。漱石は高山樗牛をキザであると嫌っていた文献がいくつか残っている。

漱石は「樗牛会」（明治三十六年発会、樗牛死後、畔柳芥舟《くろやなぎかいしゅう》らが故人を忍ぶため講演会など催す団体）について『硝《が》子戸《すど》の中《うち》』（十五）に記載している。そして、樗牛を次のように嫌い、キザであると悪口を言っている。

「樗牛なんて崇拝者は沢山あるがあんなキザな文士はない」（明治三十九年二月十三日、森田草平宛て書簡）

漱石が小宮豊隆に宛てた手紙の中でも樗牛を批判している。

明治四十年八月十五日（木）　小宮豊隆宛て　書簡（ルビは筆者）

（前半部略）

今の文壇に一人の評家なし批評の素質あるものは評壇に立たず。徒《いたづら》に二三子をして二三行の文字を得意気に臚列《ろれつ》せしむ。

英、仏、独、希臘《ギリシャ》、羅句をならべて人を驚かす時代は過ぎたり。巽軒氏《そんけんし》は過去の装飾物なり。いたづらに西洋の自然主義をかついで自家の東西を辨《べん》ぜざるもの亦将《またまさ》に光陰の過ぐるに任せて葬られ去らんとす。而る後批評家は時代の要求に応じて起こるべし。豊隆先生之を勉めよ。樗牛なにものぞ。豎子《じゅし》只覇気を弄《ろう》して一時の名を貪《むさぼ》るのみ。後世もし樗牛の名を記憶するものあらば仙台人の一部ならん。

謹んで檄《げき》す。　頓首

八月十五日

金

豊　隆　様

また、漱石の談話『時機が来てゐたんだ』（明治四十一年九月十五日『文章世界』）では次のように批判している。

「其癖《そのくせ》世間に対しては甚《はなは》だ気炎が高い。何の高山林公抔《など》と思ってゐた」

高山樗牛が一九〇一年（明治三十四）、雑誌『太陽』に「美的生活を論ず」という評論を発表し文壇をにぎわし、ニーチェの思想に感化されて我の開放と生命感の高揚を説いた。その「美的生活」を漱石が皮肉ったと思われる表現が『草枕』の中にある。

「あの女を役者にしたら、立派な女形《おんながた》が出来る。普通の役者は、舞台へ出ると、よそ行きの芸をする。あの女は家のなかで、常住《じょうじゅう》芝居をしている。しかも芝居をしているとは気がつかん。自然天然《しぜんてんねん》に芝居をしている。あんなのを美的生活《びてきせいかつ》とでも云うのだろう。あの女の御蔭《おかげ》で画の修業がだいぶ出来た」（『草枕』十二）

しかし、漱石は高山樗牛が文壇の風潮を変えた一人であることを認めている。

「僕が大学を出たのは明治二十六年だ。元来大学の文科出の連中にも時期によってだいぶ変わっている。高山が出た時代からぐっと風潮が変わってきた。上田敏君もこの期に属している。この期にはなかなかやり手がたくさんいる。僕らはそのまえのいわゆる沈滞時代に属するのだ」（『僕の昔』）

高山樗牛は旧制二高在学中かなわぬ恋を嘆き、仙台市青葉区を散策。小高い丘の上に生える松の木の下で瞑想に耽《ふけ》ったといわれている。現在の東北薬科大学構内にあるこの「樗牛瞑想の松」と呼ばれている松の木の台座に、級友であった土井晩翠の句碑「いくたびかこゝに真昼の夢見たる　高山樗牛　瞑想の松」がある。

なお、漱石の門下生の山形県出身畔柳《くろやなぎ》芥舟《かいしゅう》（一八七一～一九二三）は「故高山文学博士」（雑誌『明星』明治三十六年二月）を書いている。漱石が「樗牛会」での講演を断る芥舟宛ての書簡（大正二年十二月七日）もある。

(2) 高山樗牛と田澤稲舟

田澤稲舟《たざわいねぶね》（一八七四・明治七～一八九六・明治二十九）は旧鶴岡五日町六八番地（現・木根渕医院）に医師田澤清の長女として出生。三歳下に妹・富がおり女二人姉妹。医師の父と事業家の母（米相場・銭湯経営等）のもとに何不自由なく育ち、早くから文学に目覚め、朝暘小学校高等科卒業と同時に上京。人気があった作家山田美妙《びみょう》（一八六八～一九一〇、東大予備門で子規や漱石と同級、『金色夜叉』の尾崎紅葉と友人）に師事し、結婚もしたが、祖母と不仲で離婚。文学修行に励むが、一八九六年（明治二十九）九月十日、二十一歳十ヵ月で死去した。生家前の内川端に文学碑と胸像がある。作品には詩三十七編、新作浄瑠璃九編、小説五編、自伝等三編、計五十五編（『医学修行』『しろばら』『峰の残月』『五大堂』など）ある。

笹原儀三郎《ささはらぎさぶろう》（一九〇二～一九九四、山形県鶴岡市出身、現・鶴岡南高等学校第十五代校長も務めた教育者で郷土史

家）は、歴史に埋もれていた高山樗牛や田澤稲舟を掘り起こし紹介している。著書に『ある明治の青春：田澤稲舟女史について』（一九六四年、鶴岡市民文庫）、『明治のおんな』（一九六九年、三一書房）、『ふるさとへ：笹原儀三郎作品集』（一九七九年、笹原儀三郎作品集刊行会）がある。目立つことを嫌う保守的な風土で「あんな騒動」を起こした娘、危険思想の持ち主と見る向きもあるが、女性の自立が困難な時代に、自分らしさを追求して懸命に生きたひとりの若い女性、短い青春を駆け抜けた稲舟に注ぐまなざしの温かい、感動的な評伝『青春哀詞　田澤稲舟』（一九六九）を残している。

高山樗牛は女性作家・田澤稲舟より三歳年上で、同郷の稲舟に対して何かと目をかけ、「太陽」「帝国文学」等の誌上で稲舟文学を評論し、期待を寄せた。特に「帝国文学」では稲舟を樋口一葉《いちよう》（一八七二〜一八九六、『たけくらべ』などの著書、五千円紙幣の肖像）に次ぐ作家であり、一葉にない資質の持ち主として、その将来を嘱望していた。一葉と稲舟の間には何らかの交流があったらしく、一八九五年夏ごろの記述と思われる一葉の歌稿「うたかた」の中に、「いな舟　かのぬし　稲ふね　かのぬし参られ候　田澤　田澤　田澤」とある。

（３）漱石と樋口一葉の縁談？の謎

樋口一葉の父親の樋口則義は南町奉行同心で、維新後は東京府勤務の官吏に登用。夏目漱石の父親の夏目小兵衛直克は府庁から警視庁勤めになり六等級、月給三十円という記録がある役人。そこで、父親同士が警視の同僚であった縁で長兄夏目大助とのお見合いの話があったが、樋口家の借金の問題や、兄達や一葉も二十四歳で亡くなり破談となった。もしこの縁談が実を結んでいたら、漱石は五つ年上ながら一葉の義弟となっていた。一葉は独身のままこの世を去る。夏目家の資料では漱石の兄との縁談（夏目鏡子『漱石の思い出』五・父の死）だが、樋口家の資料では漱石自身との縁談になっている。

明治二十九年（一八九六）十一月二十三日に樋口一葉が病没した時、漱石は熊本にいた。明治四十年（一九〇七）に小説『野分』で漱石は次のように記している。

「文学に（尾崎）紅葉氏一葉氏を顧みる時代ではない。是等の人々は諸君の先例になるが為めに生きたのではない。諸君を生む為めに生きたのである。（略）是等の人々は未来の為めに生きたのである」（『野分』十一）

尾崎紅葉や樋口一葉という先人達を踏まえつつ、新しい文学の時代を拓いていかねばという漱石の覚悟が滲んでいる。

3 漱石と斎藤信策

斎藤信策《しんさく》（一八七八～一九〇九、山形県鶴岡市生まれ。「野の人」と号した文芸評論家）は高山樗牛の弟で、『芸術と人生』（一九〇七年　昭文堂）などの著書がある。兄樗牛には明治十九年三月六日、祖母・竹の危篤時に初めて逢った。樗牛十六歳、信策九歳であった。後日『中央公論』の「亡兄高山樗牛」に「樗牛と予とは、本当の兄弟であるが、幼い時より樗牛は高山家へ養子に行き、加ふるに早くより他郷に暮らしたのであるから、予が十歳ごろまでは、樗牛が兄であることも知らず又顔を見たことも無かった」と記している。

漱石は『批評家の立場』（「新潮」二巻六号、明治三十八年五月十五日）の中で、兄の樗牛とは反対に斎藤信策を賞賛し、次のように記述している。

「『帝国文学』で斎藤信策君が『新曲浦島』を評したのを見た。男らしい、しっかりした、秩序立つて居る、立派な批評だ」（「批評家の立場」・『夏目漱石全集』二十五巻）

兄の樗牛とかれを比較し、次のように樗牛を批判している。

「高山林次郎君なぞの評は標準的なもので、自分の気に入ったものは気に入った標準の下に論じ去ってみるやうな嫌ひがある。作者を啓発する処は何物もない」（同右）

斎藤信策は、兄の『高山樗牛全集』（博文館、明治三十七〜三十九）編纂に加わっている。

4　漱石と羽生慶三郎校長

山形県立荘内《しょうない》中学校第六代校長　羽生《はにゅう》慶三郎（明治三十三年八月〜明治四十二年三月まで在任。「荘内中学」とは現在の山形県鶴岡市にある山形県立鶴岡南高等学校）。

漱石は五高時代も学生の面倒見はよかったが、一九〇五年（明治三十八）東京帝国大学でも一層顕著で、学生の最も関心のある就職で興味ある出来事があった。山形県立荘内中学英語教師の求人紹介をしている。英語教師の求人依頼をしたのは第六代校長羽生慶三郎であった。羽生校長は漱石と同じ年の一八六七年（慶応三）長野県飯田に生まれ、明治二十七年東京帝国大学法科大学を卒業した。同年七月三十一日に熊本裁判所の検事代理として赴任し、八月二十一日から熊本第五高の法学通論及び英語教授嘱託となり、明治二十八年二月八日に熊本第五高教授となった。その後、明治三十三年八月二十九日に熊本から山形県の荘内中学校に校長として着任した。なぜ求人依頼を漱石にしたのだろうか？実は漱石が明治二十九年四月から第五高講師、明治三十年から教授となり、明治三十三年十一月に現職のまま英国留学するまで同じ職場にいた縁からと考えられる。

紹介したのは浜武元次（長崎出身、千葉県安房郡、佐世保市に住み、秋田市築地本町（静養））、金子健二（新潟出身、一八八〇〜一九六二、長野県飯田中学校に就職、広島高等師範学校、静岡・姫路高校教授、昭和女子大学長歴任、

『英吉利自然美文学研究』、『人間漱石』の著作がある）、佐治秀寿（福岡出身、浦和中学に就職、二高教授）に対してだった。

明治三十八年七月十五日（土）　浜武元次宛て　書簡

拝啓　庄内中学にて英語教員一名入用の由にて相談をうけ候月給は六十のよし或は六十五位になるかも知れず小松の方も未決中なれば此方へも履歴を出して置いては如何か石川へかゝり合ふ事は小生より先方へ通知致候今度推挙致す人は佐治氏金子氏と君三名を挙ぐるつもりに候もし御覚召もあらば履歴書一通郵便にて御廻付願上候　以上

七月十五日　　夏目金之助

浜　武　君

座右

書簡中の庄内中学は「荘内」中学が正しい。同様に、金子健二にも明治三十八年七月十五日に手紙を書いている。

明治三十八年七月十五日（土）　金子健二宛て　書簡

拝啓　庄内中学にて英語教員一名入用の趣にて相談をうけ候月給は六十円のよし御覚召あらば履歴書下名迄御送被下度候（郵便でよろし）尤《もっと》も同時に佐治、浜竹両氏も希望とあれば推挙致すつもりに候へども前両氏はすでに他の学校へも交渉相つき居候故如何相成るや預じめわからりがたく候右御含迄申添候　以上

七月十五日　　夏目金之助

金　子　健　二　様

金子健二はその日の日記に「厚情謝するに余りあれど予は庄内の如き僻地《へきち》に行くを好まざるなり」（『人間漱石』金子健二著）と記している。金子は僻地勤務を嫌い、三日後に祖母が急死したことなどで履歴書を送らなかった。浜武は履歴書を送付したらしいが、荘内中学へは行かなかった。次の手紙は月給七十円へ賃上げ交渉をしたともとれるものである。

明治三十八年八月三日（木）　浜武元次宛て　書簡（ルビは筆者）

先刻は失敬本日午後庄内中学校長羽生慶三郎氏来訪色々君のことを話したからともかくも逢って見た玉へと云ったら明日晩八時頃ひまがあるなら左記の処で逢って見たいと云ふた。番地は築地明石丁四十九番地屋代芳吉方（ラベス商会の裏）

先方では大に希望があるが七十円出すのを困難に感じて居る。僕は七十以下では英文卒業生は庄内抔《など》へ行かぬと云ふて置いた。兎も角君をとるかとらぬか分からぬ。君も行くか行かぬか分からぬが逢って様子を見るのもよかろうから定刻に出掛けて見給へ。先方から君を尋ねてもよいと云ふたが下宿だか（ら）本人が出る方が便利だろうと申した。此会見はきめる為の会見でないから月俸其他で不調になるかもしれない其代わり君も断はる事は自由である。

八月三日　　夏目金之助

浜　武　元　治（次）様

結局、この求人紹介は不調に終わり、漱石の息のかかった英語教師の「荘内中学」赴任は実現しなかった。

5　漱石と阿部次郎

阿部次郎（一八八三・明治十六～一九五九・昭和三十四、東京帝国大学哲学科卒、哲学者・評論家）は山形県酒田市（旧松山町）に生まれた。明治二十九年に荘内中学に入学し、この頃から哲学を志していた。二年後、小学校校長や県視学（教育に関する視察・監督・指導の官職）を勤めていた父の転任で山形中学に転校。五年生の時に特待生に選ばれたが、校長排斥運動で四人の仲間とともに放校処分を受けた。上京して京北中学に編入。明治三十四年に第一高等学校に入学し、岩波茂雄、安倍能成、一級下の斎藤茂吉などと交わった。その後、東京帝大哲学科に入学。卒業すると夏目漱石の「木曜会」（明治三十九～）門下生となり、漱石主宰「朝日文芸欄」執筆を始めた。そして、一九一四年（大正三）四月、その名を不朽のものとする『三太郎の日記』（第壱）が刊行された。後に第参まで刊行された。二十五歳～三十一歳までの内面思索の記録で、個人の内面を追究，理想主義的な人格主義を説いた。四十歳で東北帝大教授になり、六十二歳で退官。その間、日本文化や芭蕉、ゲーテやニーチェ研究などで優れた業績をあげた。山形県松山町（現・酒田市）に「阿部記念館」がある。また、東北大学文学部は彼の没後四十年にあたる平成十一年十月に「阿部次郎記念館」（宮城県仙台市青葉区米ヶ袋三丁目四―二十九）を開館した。

阿部次郎は安倍能成（教育、哲学）、小宮豊隆（独文、評論）、森田草平（詩、小説）とともに「漱石門下の四天王」のひとりに数えられるようになった。小宮豊隆とともに東北大学附属図書館に「漱石文庫」を成立させ、漱石の後輩にあたり、英国留学時にも漱石と交流を持った詩人・英文学者土井晩翠による「晩翠文庫」や、小宮豊隆の「小宮文庫」、自らの蔵書である「阿部文庫」として特殊文庫に加わっている。

漱石との書簡などが多数ある。なかでも『門』の批評に関する一九一二年（大正元）の漱石の手紙がおもしろい。

大正元年十月十二日（土）　阿部次郎宛て　書簡

拝復。葉書をありがとう。『門』が出たときから今日まで誰も何もいってくれものは一人もありませんでした。私は近頃孤独という事に慣れて芸術上の同情を受けないでもどうかこうか暮らして行けるようになりました。従って自分の作物に対して賞賛の声などは全く予期していません。しかし『門』の一部分が貴方に読まれて、そうして貴方を動かしたという事を貴方の口から聞くと嬉しい満足が湧いて出ます。私はこの満足に対して貴方に感謝しなければ義理が悪いと思います。私は私が喜んであなたのアップリシエーションを受けた事を明言するためにこの手紙を書きます。

『彼岸過迄』はまだ二、三部残っています。もし読んで下さるなら一部小包で送って上げます。それとも忙しくてそれどころでなければ差控ます。虚に乗じて君の同情を貪るような我儘を起こして今度の作物の上にも『門』同様の鑑賞を強いる故意《わざ》とらしき行為を避けるためわざと伺うのです。いずれ拝眉の上

万々。

十月十二日　　夏目金之助

阿部次郎　様

同様に、作品批評へのお礼の手紙が多くある。数例あげよう。

明治四十三年六月二十一日（火）　阿部次郎宛て　書簡

拝啓『それから』の御批評掲載おそく相成不相済候（五月二十一日）とある論文が丸一ヵ月後の六月二十一日掲載になるのも何か最初から工夫したるやうの偶然に候。

改めて申候御批評は上中下共立派に拝見特に中を美事に存候。下は『それから』の筋を明瞭に記憶してゐる人で

ないと読むに骨の折れる所有之候。然し長いものを短かくつゞめる為には已むを得ぬ訳かとも被存候兎に角中を読んだ時は突然自分が偉大に膨張した様に覚え後で大いに恐縮致候。

御蔭を以って『それから』も立派な作物と相成候。作家は批評により始めて理解せらるべきものかと思ひ候位に候。多くの作者が一二行の悪口で葬らるゝ中に小生は君の如き批評を受くるは面目にも光栄にも有之改めて御礼申上候。草々頓首

六月二十一日

夏目金之助

阿部次郎　様

明治四十四年一月六日（金）　阿部次郎宛て（はがき）

恭賀新年

能勢（成）が来て君に「それから」を評してもらへと申します。さうして本を一部送れと申します。本は便次第送ります。御批評は願ひます。（朝日文芸欄なら二三回以下にて）

大正元年十月十二日（土）　阿部次郎宛て（はがき、「門」読書お礼、ルビは筆者）

玉稿たしかに落掌御多忙中難有存候紙面の都合次第掲載可仕候《つかまつるべく》

只今森田氏不在につき小生より御礼申上候　早々

この他、書簡などが数多くある。

第五章　漱石と丸谷才一

1　丸谷才一の生い立ちと生涯

丸谷才一《まるやさいいち》（本名・根村才一、一九二五・大正十四〜二〇一二・平成二十四）は、小説家、文芸評論家、英文学者、翻訳家、随筆家である。一九二五年山形県鶴岡市馬場町乙三番地に、開業医・丸谷熊次郎（一九五六年七十四歳で死去）とその妻・千（せん。一九七八年八十五歳で死去）との間の次男として誕生。次男であるがなぜか「才一」と名付けられた。一九三二年鶴岡市朝暘第一尋常小学校に入学、一九三八年同小学校を卒業。一九三八年旧制鶴岡中学校（現・山形県立鶴岡南高等学校）に入学し、一九四三年に同中学校を卒業。一九四四年旧制新潟高等学校文科乙類に入学、一九四七年三月旧制新潟高等学校を卒業。一九四七年東京大学文学部英文科に入学、一九五一年東京大学大学院文学研究科修士課程修了。学生時代から執筆活動をし、生涯で小説、評論、翻訳、随筆、対談など数多くの本を書いた。そして、芥川賞、谷崎潤一郎賞、川端康成賞、大仏次郎賞、菊池寛賞などの名だたる文学賞を総なめにした。一九五四年十月、演劇批評家・根村絢子と結婚。戸籍上は根村姓を継いだ。二人には長男の根村亮がいる。二〇一二年十月上旬に体調を崩し入院、同月十三日に八十七歳で心不全のため死去。夫婦の墓は鎌倉霊園に「玩亭墓」としてある。

彼の長兄丸谷八郎は医学博士で、鶴岡市で産婦人科医師として医院を開業していた。丸谷八郎は鶴岡南高等学校の第三代同窓会会長を務めており、筆者が教諭として勤務中に学校行事などでお話を聞く機会があった。また、彼の娘で、丸谷才一の姪である落合良《りょう》（旧姓丸谷）は、ソニー（株）で初の女性管理職（退職後に東京電機大学講師など）となり、活躍する女性として同窓会創立周年記念式典で記念講演をしたのを聞いたことがある。落合良の弟、丸谷紘一も産婦人科医で、鶴岡市で父の後を継いでいたが、三代続いた産婦人科医院を閉院した。

二〇一一年十月二十五日文化勲章受章、二〇一二年七月十七日山形県名誉県民の称号も与えられた。丸谷才一を「才ちゃん」と呼んでいた姪の落合良は。山形県名誉県民の称号を「君が代理で受け取って」と丸谷才一に言われ、独特の「旧仮名遣《づか》い」にふり仮名をつけて知事へのご挨拶を代読したという。

2　丸谷才一の学生生活

丸谷才一は中学在学中に勤労動員を体験して戦争への嫌悪感を募らせた。当時の優等生は陸軍士官学校か海軍兵学校に進むことを期待されていたにもかかわらず、秀才の丸谷才一は校長の勧めを無視して、東京の城北予備校に一年間通学（一九四三年四月から一九四四年春）。一九四四年旧制新潟高等学校文科乙類に入学。新潟高校時代から頭が上がらなかったのは、同郷の先輩で、『中央公論』の元編集長、のちに『斬』で直木賞を取る綱淵謙錠だといわれている。二人とも巨体にして声が大きい。旧制新潟高校での寮の自治活動が丸谷才一の政治感覚を磨いたのではないかと見る人もいる。また、ここで百目鬼《どうめき》恭三郎（朝日新聞記者・文芸評論家）とも知り合う。一九四五年三月召集によって山形の歩兵第三二連隊に入営し、半年後の九月に復学。一九四七年三月新潟高等学校（旧制）を卒業。一九四七年四月、東京大学文学部英文科に入学。中野好夫(注)、平井正穂のもとで主に現代イギリス文学を研究し、ジェイムズ・ジョイスを知り大きな影響を受けた。一九五〇年三月、卒業論文「ジェイムズ・ジョイス」を提出し卒業。四月同大学院修士課程に進んだ。

（注）中野好夫（一九〇三・明治三十六～一九八五・昭和六十）は日本の英文学者、評論家。英米文学翻訳者の泰斗《たいと》であり、訳文の闊達《かったつ》さでも知られている。

3　丸谷才一の教師時代

丸谷才一は修士課程時代に英語教師として桐朋《とうほう》学園に勤務した。当時の教え子には指揮者の小澤征爾《せいじ》や作曲家でピアニストの高橋悠治がいる。次のように記している。

「わたしの声について……小澤征爾だって高橋悠治だって、わたしが声を張り上げて『それは猫であるべくあまりに大きすぎるからライオンにちがひない』なんてことを教えてやつたのである」（『男のポケット』）

丸谷才一と開高健、井上光晴は「文壇三大音声《おんじょう》」と呼ばれていた。一九五一年一月、東京都立北園高等学校講師（一九五四年三月まで）、一九五二年高千穂高等学校講師、一九五三年九月国学院大学講師をした。一九五四年の春まで、同人雑誌「現代評論」の同人仲間であった山口瞳が同じ学校の学生として在籍していた。一九五四年四月、同大学助教授に昇進。ここで作家、評論家の中野幸次らと知りあうこととなった。一九六五年三月、国学院大学を退職。東京大学英文科非常勤講師として四月から二年間「ジェイムス・ジョイス」を講義、一九八四年四月から十月まで東京大学文学部講師をつとめた。

4　丸谷才一の文学活動・作品

(1) 文学活動

丸谷才一は一九五二年一月、篠田一士、菅野昭正、川村二郎らとともに季刊同人雑誌『秩序』（白林社）を創刊。その一月号に短編小説『ゆがんだ太陽』を掲載した。同誌に『エホバの顔を避けて』を連載。五月、グレアム・グリーンの『不良少年』（士熊書房）を翻訳。以後英文学の翻訳をした。

大学卒業後は英文学者として翻訳・研究を続ける一方で執筆活動にも取り組み、一九六〇年に処女作『エホバの顔を避けて』を発表。その後、作家活動に専念した。小説家としては寡作である。長編小説に主力を注ぎ、本人も周囲も、長編小説家と見なすことが多い。かつて筒井康隆は「ディケンズ的退廃」と絶賛した。初期からモダニズム文学の影響を受け、英国風の風俗性とユーモア、知的な味わいを重視して、近代日本の従来の私小説的な文学風土に対するつよい批評意識を持って小説を書いた。

前期の作品ではイギリス風の風俗小説と私小説の叙情性を混ぜあわせたようなところがある。『エホバの顔を避けて』は本人も習作としている。神エホバ（ヤハウェ）との関係を通して、圧倒的な権威によって抑圧され、そこから逃れようとする魂の状況を描いた。またジョイスの影響によって取り入れられた内的独白の手法は、長編第二作『笹まくら』で花開く。『笹まくら』（一九六六年七月）は「十五年戦争中を徴兵忌避者として過ごした男が戦争後もその過去が彼にさまざまな影響を与えつづける」という精神の様相を描いたものである。

(2) 小説家 丸谷才一

丸谷才一の長編小説は少なくて七作しかない。高等遊民ではなく、新聞の論説委員、企業の社長、元経団連会長も含めて社会で職業を持って働いている人物などを描いている。丸谷才一は「そもそも小説家の仕事は普通の意味の真実の探求ではない。嘘をついて人を楽しませ、いはゆる真実とは違ふ別の真実を差出すことである」（「綾とりで天の川」文藝春秋）と述べている。

『横しぐれ』（一九七五年）は、主人公の「わたし」は、中世和歌や連歌を専門とする国文学研究室の助手。町医者である父親は、めったに思い出話などしない人だったが、ある時、四国旅行の際、道後温泉近くの茶店で大酒呑みの乞食坊主から酒をたかられた話を、面白おかしく話したことがあった。そのことが妙に心に残った「わたし」は、父の通夜の席で、ともに旅した父の友人である国文学の黒川先生にさらに詳しく聞いてみると、その乞食坊主は種田山頭火のように思えてきた。その日はちょうど雨で、それを黒川先生が「横しぐれ」と独言のように呟いたところ、それを聞いた乞食坊主がいたく感心してしまった。そして酒を立て続けに飲むと、そのまま雨の中をすたすたと立ち去った。一九九一年、『横しぐれ』（種田山頭火を扱った）の英訳（デニス・キーン訳、『RAIN IN THE WIND』）がイギリスのインデペンダント外国小説賞特別賞受賞。）

『裏声で歌へ君が代』（一九八二年、長編）は、一九七〇年代東京、語り手は四十代の画商梨田。気に入っていた朝子と偶然地下鉄のエスカレーターで会いパーティーへ誘う。知り合いの洪圭樹が台湾独立派による「台湾民主共和国準備政府」大統領になった就任パーティー。台湾独立の話から国家論、恋愛論へと展開。東京裁判で東条英機の頭をたたいた同郷の大川周明は、丸谷才一『裏声で歌へ君が代』の右翼的な人物（大田黒周道）のモデルで登場する。

『年の残り』は丸谷才一の短編小説である。一九六八年（昭和三十四）発表。同年、第五十九回芥川賞受賞。四十三歳の頃、壮年期の作品である。一九六六年に『笹まくら』、一九七二年『たった一人の反乱』などを精力的に発表している時期である。主人公の病院長上原庸は、作者と三十歳近くも違う老年の六十九歳。しかも「やがてみんな死ぬ」、というのが主題となっている。不惑の作家が古希一年前の男を描いた小説である。それが出来るのは作家の持つ豊かな「想像力」である。よく読むと精緻《せいち》な構成になっていて、水彩画の話に始まり、昔、主人公と見合いをしたが、結婚せず他の男のところに嫁いだ美人の女性のセリフで終わるエンディングまで、前後して複雑に語られる時の流れが読者によく分かるのは筆力であろう。冒頭に、献詞のようなものか、和泉式部の「かぞふれば年の残りもなかりけり老いぬるばかりかなしき」が記されている。「年の残り」とは年末も押し詰まってという意味、歳時記では「数え日」である。もちろん老年の老い先が短いこともかけている。この一首は、小説の主題を言い切っていると言うだろうが、和泉式部の方は、恋に明け暮れている間に年老いてしまってと嘆いている歌だろうから、少しばかり違うような気もする。小説の構想が先で後からこんな歌もあると載せたのか、この歌からこの小説を書こうとしたのか興味深いが、連句好きの丸谷才一のことだから、たぶん前者であると思われる。

『たった一人の反乱』は、物語の語り手兼主人公の〈ぼく〉は中年男性で、元々は通産省の官僚をしていたエリート。今は天下りをして、民間会社に勤め、最近妻を亡くしたばかりの〈ぼく〉が、ひょんなことから、若いモデルのユカリと結婚。それから、次から次へと思いもよらぬ出来事が〈ぼく〉の身に降りかかる。中年男と若いモデルを軸にし、ちょっと裕福な「インテリ」の生活をコミカルに描いた小説。最も特徴的な所は、主人公が「インテリ」で「なぜ殴られたか」を冷静に分析し合理的な考えを積み上げ、自分自身を説得して納得してしまう。その対処の仕方がユーモラス。単なる泣き寝入りだが、論理的に考えているので、悲壮感はなく、むしろ堂々としたものである。

『女ざかり』は華麗で自由奔放な女性一族の物語。最後まで飽きさせない展開で、映画化されるのも納得の作品である。一九九四年に吉永小百合主演で映画された。主人公・南弓子（大手新聞社論説委員）の愛人の知り合いが与党幹事長で、叔母・南雅子（元女優）の元同棲相手が首相、娘・南千枝（大学院生）は前首相、現首相の師匠に言い寄られる。つまり日本は南家の女三代によって牛耳られているといって過言ではない。主人公の美人新聞論説委員の弓子や彼女を取り巻く人々がそれぞれ魅力的に描かれていて、特に男性の打算的な心情描写は楽しめる。例えば、弓子に片思いをする同僚浦野とのやりとりはほほえましく楽しめるシーンが満載。弓子の恋人の豊崎とのやりとりは、豊崎の学者らしい社会感覚のなさやちょっとケチな雰囲気の妙なアンバランスさが現実味を帯びている。「人生といふのは、何が何だかわからないうちに、とつぜんもらふ贈り物だから」（八二頁）とある。オーソドックスな技法と構成の長編小説であるため『笹まくら』より少し見劣りするが、物語の本筋を外れた所々にコメディや日本文化論、哲学論を盛り込んでいるので楽しみながら読むことができる。

翻訳も手掛けたジェイムズ・ジョイス、グレアム・グリーンの欧米文学についての専門的な知識と、源氏物語、古今和歌集以来の古典文学への深い造詣をともに備えた教養は、戦後の小説の実作者の中でも群を抜いている。その意味で、丸谷才一は、夏目漱石、森鷗外や石川淳といった教養派の文豪の正統的な後継者といってよい。しかし、丸谷才一の独自性は、教養派の一言には収まらない。趣向や仕掛けを凝らしたその小説は、常に既成の文壇を挑発し、読者に読む楽しみを提供し続けた。普通の市民を主人公に据えながら、その俗物ぶりを際立たせるなどして、暗くてじめじめとした日本の私小説や家庭小説を優雅に笑いのめした。自我にこだわった生真面目な近代日本文学に反逆を唱えたのである。代表作『たった一人の反乱』の書名は、戦後の日本文学に対する丸谷才一の立ち位置を象徴的に示している。

5　丸谷才一の文体

文芸雑誌などに発表する文章では歴史的仮名遣《かなづか》い（ただし、漢字音については字音仮名遣いを採用していない）を用い、その文体を清水義範に『猿蟹合戦とは何か』（『国語入試問題必勝法』に収録、元ネタは『忠臣蔵とは何か』）としてパロディにされたこともある。丸谷は『国語入試問題必勝法』文庫版に解説を寄せており、その中で清水の才能を認めながらも、同時に『猿蟹合戦とは何か』を評価できかねる気持ちを正直に告白し、複雑な心境をうかがわせた。

丸谷才一は旧かなづかいを用いている。それでいて、軽快な語り口。最初は仮名遣いに戸惑う。旧仮名遣いを使うわりに、旧漢字を使わないのも読み易さに一役買っている。その例を紹介しよう。

会う＝会ふ、嫌い＝嫌ひ、おかしい＝をかしい、あじさい＝あぢさい、あっさり＝あつさり、嬉しそう＝嬉しさう、どうしょうもない＝どうしやうもない、あさっていますと（漁っていますと）＝あさつてゐますと、まず＝まづ、

これ以外にも、字体、送り仮名にも丸谷式が存在する。

丸谷才一はなぜ旧仮名遣いをするのか？　『桜もさよならも日本語』「言葉と文字と精神と」に記載がある。最初の小説は旧仮名遣いをしていた。しかし、翻訳もやっていたので、翻訳は新仮名遣いを用いた。そのうち翻訳以外の時にも新仮名遣いを使うようになった。だが、『後鳥羽院』を書いた時、「引用文は歴史的仮名づかひ、地の文は新仮名づかひでゆくといふわづらわしい二本建てでは、必然的に両者の比較をわたしに課すことになつたのである。優劣は明かだつた。わたしはその評論を書き上げたのち、ごく自然に新仮名づかひと別れ、国語改革を再検討する意向を固めたのである」（前掲書新潮文庫版一三八頁）。『日本語のために』や『桜もさよならも日本語』から、理由は、現代仮名遣いは旧仮名遣いが備えていた意味の標識性をなくし、語源をわかりにくくさせ、活用の秩序も乱されたという。簡単にいえば旧仮名・歴史的仮名遣いの方が論理的であり、新仮名遣いは例外が多く、論理的にすっきりしないからということか。

（例：旧仮名遣い「うな・づく」：うな（頷）をつく（突く）で「うなづく」）

6　丸谷才一の挨拶文学

東京新聞（二〇一二年十一月九日夕刊）に「丸谷才一と「挨拶文学」」というコラムがある。丸谷才一の偉業の一部をこう讃《たた》えている。「〜挨拶文学、というジャンルを作ったのも丸谷才一であったのだ。下らぬ永々しい挨拶をやめ、ぴりっとした味のある社交のために、ずいぶんと励んでいた」。

丸谷才一の挨拶文学書として『挨拶はむづかしい』『挨拶はたいへんだ』『あいさつは一仕事』（いずれも朝日新聞出版・朝日文庫一九八五〜二〇一〇年）の三冊がある。作家野坂昭如夫妻の結婚披露宴の仲人としての挨拶に始まり、ご自身の読売文学賞研究翻訳部門受賞挨拶に至るまで、五十年間にわたり、祝宴祝辞から葬儀の弔辞、軽いものから重いものまで、あらゆる場面で挨拶した「原稿」が収められている。「原稿が残されている」とは、丸谷才一は挨拶をする時あらかじめ原稿を書き、それを読むという事を原則としていたからだ。弔辞や媒酌人挨拶など特別な場合を除けば、「挨拶にいちいち原稿を読むのは、いかがなものか」と言われがちだが、丸谷才一の見解は違う。原稿も書かずに、出たとこ勝負の挨拶でしどろもどろになり、話しがあっちへとび、こっちへ戻りを繰り返し、気がついたら十分以上長々と退屈な話しを続ける「困った人」が少なくないと嘆いている。「はなはだ簡単ではありますが」との言葉で締めに入った時には、話し始めから十五分が過ぎていた、などという場面はそう珍しくない。

丸谷才一はイラストレーターの和田誠との対談で、一連の挨拶の本を書くにあたっての動機をこう話している。実は突然の指名で、「挨拶は大変だとも、むずかしいとも、一仕事だとも何とも思わないで、ただ出ていって何かダラダラしゃべって人を困らせるという、そういう偉い人が多いでしょう?〜そういう人を含めて挨拶をする人に警告を発している」で挨拶させられることがあると言う。もちろん会に臨む時、丸谷才一のような名人は「万一の場合」に供えて、原稿にはしないまでも、場面に応じたエピソードのいくつかを過去の知識や、会場観察から見つけ出す「技法」が身に付いている。実際には我々のレベルなど比較にならない上質な挨拶を即興で行うことになる。あらかじめの「ご挨拶を御願いします」との要請に応えて、何日もかけて原稿にしたためた挨拶の完成度の高さが推察できる。「名人」も努力している。

和田誠は対談の中で「丸谷流挨拶の心得」を実に的確に整理して示している。超一流の挨拶名人の挨拶など、我々には関係ないなど耳を塞ぐのは大損である。対談の中で、丸谷才一が挨拶の心得七項目をあげている。①「原稿を作って準備する」、②「長すぎるのはだめ」、③「余計な前書きを入れるな」、④「引用はひとつにせよ」、⑤「おもしろい話をいれろ」、⑥「ゴシップを有効に使え」、⑦「悪口言うなら対策を考えておけ」。筆者はこれらを参考にして挨拶文を書いた。

最後の挨拶文学本『別れの挨拶』（集英社、二〇一三）の中の、文化勲章を受けたとき、最年長であったのでお礼言上の役が回ってきたという。もちろん用意された文面はあるのだが、変えてもいいと言われた。「御礼言上書を書き直す」から引用する。

「このたびは文化勲章を拝受いたしまして私共の栄誉これに過ぐるものはございません　私共はこの栄誉を体しそれぞれの分野において一層精進を重ねる決意でございます　ここに一同を代表し謹んで御礼申し上げます」

これが用意されたもの。手直しの必要はないように思うが、実際に著者が読んだ文面は以下のとおり。丸谷才一のこだわりを見てみよう。

「このたびは文化勲章をいただきまして、まことに光栄なことでございます。わたくしたちはこの光栄を喜び、それぞれの仕事にこれまでどほり励んでゆきたいと存じます。一同を代表して謹んで御礼申しあげます」

7　評論家・随筆家・書評家の丸谷才一

（1）日本文学史論・日本語教育論

「文学で大切なのは個人の才能とか時代精神とかではなく、むしろ伝統である」（『日本文学史早わかり』文庫あとがき）

この言葉には、村上春樹をはじめ多くの才能を見いだした文学界のリーダーの願いが込められている。『日本文学史早わかり』で主張されたアンソロジー中心の文学史論は、大岡信による紀貫之や菅原道真再評価とともに、同時代の文学に大きな刺激を与えた。和歌伝統の日本文学史上の位置づけにある。

これは後の『新々百人一首』につながり、また石川淳や安東次男、大岡信とともに歌仙連句を文壇に復興させることにも貢献した。また、石川淳の後を受けて一九七三年、一九七四年に朝日新聞に掲載した文芸時評（のちに『雁のたより』で出された）でも、文芸雑誌にこだわらない評価をした。日本におけるジェームズ・ジョイス研究の第一人者としても知られる。また純文学のみならず、ミステリー小説に関する評論も手がけている。

評論を少し見ていこう。

◎『日本語のために』（新潮社、一九七四）

戦後の国語改革と国語教育のためにどんどんダメになっていく日本語の現状を憂えた丸谷才一が、危機感をこめて書きつづった批判の書。第一部が「国語教科書批判」、第二部が「未来の日本語のために」「現在の日本語のために」という日本語論、第三部が「当節言葉づかひ」。

第一部はとにかく当時の国語教科書、それに基づく教育をめった斬りにしている。

「子どもに詩をつくらせるな」、「子どもの文章はのせるな」、「小学生にも文語文を」、「中学で漢文の初歩を」、「文部省にへつらふな」など。基本姿勢は、「子どもにはとにかく名文を読ませろ、下手な詩や文章を作文させるな」というもの。徹底した古典主義である。

第二部は、著者が一番力をこめて書いたと思われる論説二編。「未来の日本語のために」の冒頭、「昭和の知識人は明治の知識人にくらべて遙かに文章が下手になってゐる」という一文にすべての主張がこめられている。丸谷才一は戦後の国語改革の否定論者で、旧かなづかいで文章を書いている。新かなづかいがなぜダメで、どのように日本語を劣化させているかということを、情熱をこめて論じている。ただ、漢字の字体に関しては、一部を除いて新字体を認めている。だから丸谷才一の文章は「新字・旧かなづかい」なのだ。(旧かなづかいであるにもかかわらず、文章がきわめて読みやすいのは、新字を使っているせいもあるだろう。もちろん、文章自体がうまいというのが一番の理由だが。)

ここで、「昭和の知識人」の文章がいかにひどいかという例としてあげられているのが、「中央公論」昭和三十八年七月号八四～八九頁の文章と、昭和三十九年二月号一四八～一六四頁の文章。「その文章の拙劣さは形容に苦しむほどのものである」とひどいけなしようである。誰が書いた文章かはっきり名前は書いてないが、調べてみればすぐわかる。

最初の文章は、「拝啓水上勉様：総理にかわり、「拝啓池田総理大臣殿」に答える」、著者は当時の内閣官房長官、黒金泰美。水上勉による福祉行政批判への反論だが、まるっきり国会答弁のような文章である。本人ではなく、官僚が書いたものかもしれない。

二番目は、「二十一世紀文明への序章」、著者は古垣鉄郎。元駐仏大使で外務省顧問、後にNHK会長もつとめた人。これは、丸谷才一があきれる、意味不明な文章である。例えば「人間は生まれながらに先天的な遺伝を有しており、またドストエフスキー的な人間心理の深淵ともいうべき潜在意識を蔵している。」

確かに両方とも文章としては稚拙かもしれないが、黒金泰美は一九一〇年生まれ、古垣鉄郎は一九〇〇年生まれで、二人とも戦前に教育を受けている。戦後の国語改革と国語教育が日本語をダメにしたという丸谷才一の主張の裏付けにはならないのではないだろうか。

第三部は、あとがきで著者が「硬い評論と軟い随筆が同居してゐる風変りな本が出来あがつた」と書いている、その「軟い随筆」に当たる部分。要は日本語の気になる点を書き並べた軽いエッセイなのだが、ここにも日本語に対する危機感があふれている。

この本の主張は理想論すぎて、現実的とは思えない。ただ、自分たちの使っている言葉や文字が、必ずしも唯一の正解として成立したものではないこと、別の形であり得た可能性もあることを考えさせる。

◎『桜もさよならも日本語』（新潮文庫、一九八九）

『日本語のために』の十数年後に出したもので、Ⅰ「国語教科書を読む」Ⅱ「言葉と文字と精神と」Ⅲ「日本語へらず口」Ⅳ「大学入試問題を批判する」で構成されている。

「国語教科書を読む」では、小学・中学の国語教科書を題材に、国語教育についての批判を並べている。「漢字配当表は廃止しよう」、「読書感想文は書かせるな」、「名文を読ませよう」、「子どもに詩を作らせるな」（これは前にも出てきた）、「古典を読ませよう」など。

「言葉と文字と精神と」は、百頁を超える長文の論説で、戦後の国語改革（主に旧かなづかいの廃止）を徹底的に批判するとともに、戦後の言論の自由化により、日本人の言語能力はかつてないほど向上しているとも主張する。これは矛盾しているようだが、著者に言わせると、言語能力が向上したおかげで、国語改革の悪影響が覆いかくされているのだそうだ。

とにかく国語改革の誤りがいつまでも改められないせいで、著者の不満は前著以上に高まっているらしく、「しかし今ならばまだ打つ手がある。国語改革といふ国家的愚行を廃棄することがそれである」「このことを断行しない限り、破局はいつの日か、確実に襲ひかかるであらう」とその口調はますます激烈になっている。

「日本語へらず口」は、現代日本語の言い回しやアクセントの気になる点を取り上げた軽いエッセイ四編。

理想の大学入試問題については、「高校生の関心の範囲で最大限に高等な題材を採った、なおかつ論理的で明晰な文章を読ませて、それについて適切な論述課題を与えるような問題」としている。小林秀雄の文章は入試問題として不適合だとその理由を。「小林はたしかに偉大な文藝評論家ではあるにしても（そのことをわたしは認める）、彼の文章は飛躍が多く、語の指し示す概念は曖昧で、論理の進行はしばしば乱れがちである」（『完本日本語のために』二九〇頁～）よい大学入試問題例に、「夏目漱石の『教育と文芸』を読み、君の意見を五〇〇文字で書け」という北海道大学の問題を挙げている。

「漱石の講演は、高度な内容を明晰に論理的に語つた名文で、散文の規範とも言ふべきものである。そしてこの主題が受験生たちの知識と体験と関心にふさはしいことは、説明するまでもない。かういう文章を与えて感想を書かせれば、総合的な国語力はたちどころにわかるはずだ」（『完本日本語のために』二九七頁）

（2）日本語論・文学論

古典論、文章論、国語問題にも造詣が深く、小説、評論、随想など幅広く活動。長編小説では一貫して思想とは何か、国家とは何かを真正面から主題として扱い、日本の小説の土壌に変革をもたらした。主題の比重は文学、言語へと徐々に移行し、「輝く日の宮」では日本人の心性と美を現代によみがえらせることに成功。エッセーでも従来の随想のイメージを一新する軽妙洒脱な読み物のジャンルを作り、雑誌の書評欄の執筆者として多くの優れた批評も発表している。

丸谷才一は多くの評論を書いている。手元にあるいくつかの評論集を紹介しよう。

◎『文章読本』（中央公論社、一九七七）

第一章　小説家と日本語、第二章　名文を読め、第三章　ちよっと気取って書け、第四章　達意といふこと、第五章新しい和漢混淆文、第六章　言葉の綾、第七章　言葉のゆかり、第八章　イメージと論理、第九章　文体とレトリック、第十章　結構と脈略（漱石『子規の畫』引用）、第十一章目と耳と頭に訴へる、第十二章　現代文の条件、で構成されている。

井上ひさし（一九三四〜二〇一〇、山形県生まれ、小説家、劇作家、放送作家）は「丸谷才一の『文章読本』を読め」と勧めている。

「特に、第二章の「名文を読め」と第三章の「ちょっと気取って書け」の二つの章を繰り返し読むがよろしい。これが現在望みえる最上にして最良の文章上達法である。以上で言いたいことは全て言い終えた。あとは読者諸賢の健闘を祈る……」（『自家製・文章読本』昭和五十四年（一九七九）四月新潮社）

◎『思考のレッスン』（文春文庫、二〇〇二）

丸谷才一は洒脱で斬新な切り口の軽妙なエッセイで著名であり、また座談の名手でもある。この本は、インタビュー形式でどうしたら「いい考えが浮かぶのか？」、本を読むコツ、考えるコツ、書き方のコツを分かりやすく語っている。構成は六つに分かれている。目次は、レッスン１　思考の型の形成史、レッスン２　私の考え方を励ましてくれた三人、レッスン３　思考の準備、レッスン４　本を読むコツ、レッスン５　考えるコツ、レッスン６　書き方のコツ。

「レッスン１」では、丸谷才一がどのような土地に生まれ、少年時代を送り、どのようなことに悩み、どのような本を読んで刺戟を受け、そして作家となっていったのかを、上手につくられた映画の予告篇を見ているかのようにたどることができる。丸谷才一には、「源氏物語」からマルクシズムまで横断するような自在な興味の幅がある。本書を読み進めてゆくと、その興味の幅の鳥瞰図のようなものまで見渡すことができる。平面的ではなく、三次元的な空間のなかに浮かびあがってくる丸谷才一という作家像の輪郭を、「レッスン１」のたった四十数頁だけで有機的につかむことができるので、本書の構成と話の進め方はかなり練り上げられたものであることがわかる。

その一方で、読者への具体的なアドバイスも多い。きわめて実用的でもある。「レッスン4」から「レッスン6」までは、作家としての経験と知見にもとづいた、読むこと、考えること、書くことについての具体的なヒントが軽快に、端的に、書かれている。「文章は最後のマルまで考えて書け」とか「対話的な気持で書こう」といった、すぐにでも実践できそうな気にさせる明快なアドバイスが、ポイントを絞ったかたちで提示されている。『文章読本』には書かれてない「補遺」的な要素も本書には盛り込まれている。

豊富な経験に裏打ちされた言葉には説得力があり、なかなか実行できないことも多い。いくつか参考になるポイントを列記しよう。

・考えるためには本を読め。ただし、面白がって読め。・見通しを持って、経路を考えながら読め。そのためにはお気に入りの書評家、学者を持とう。・自分のホームグラウンドを持とう。・本はバラバラに破って読め。索引を使おう。・人物表、年表を作ろう。・謎は大切に育てよう。・定説に遠慮せず、仮説は大胆不敵に。・大局観が大事である。・文章は頭の中で完成させてから書け。などが参考になる

思考のレッスンという名のとおり、本書は、どのように思考の型を形成してきたかから始まり、本を読むコツ、考えるコツ、書き方のコツに至るまでを対話形式によって伝授する内容となっている。

◎『ゴシップ的日本語論』（文春文庫、二〇〇七）

『桜もさよならも日本語』から二十年を経ての日本語論。これは講演、対談など、「口述したもの」だけを収録した本で、前の二冊とは傾向が違う。しかも、収録されている六つの講演、三つの対談のうち、「日本語論」と言えるのは最初の二つの講演だけで、ほかは文学論が中心。だから厳密には日本語論の本とは言えない。その二つの講演、「日本語があぶない」と「ゴシップ的日本語論」にしても、おおむね穏当であって激烈さは影をひそめている。「日本語があぶない」には国語改革への批判がちょっとだけ出てくるが、ここでは国語改革を廃止しろとは言ってない。それより、文

部省は国語教育にもっと力を入れてと言っている。つまりは、国語教育が相変わらずひどすぎて、国語改革問題どころじゃない。せめて今の日本語を、もっとちゃんと教えてほしいということか。「ゴシップ的日本語論」は、昭和天皇の言語能力の問題から始まって、最後はやはり、今の国語教育はだめだという話になる。

◎『文学のレッスン』（新潮社、二〇一三）

アメリカがイギリスに根強く抱く長篇小説コンプレックスとは?、物語を読むように歴史を読んでなにが悪い? などなど、古今東西の文学作品を次から次へと繰り出しながら、目からウロコのエピソードでその真髄に迫る。『文学のレッスン』は短篇小説、長篇小説、伝記・自伝、歴史、批評、エッセイ、戯曲、詩という八つのテーマについて、湯川豊が聞き手になって、丸谷才一にインタビューしたものである。目次は短篇小説―もしも雑誌がなかったら、長篇小説―どこからきてどこへゆくのか、伝記・自伝―伝記はなぜイギリスで繁栄したか、歴史―物語を読むように歴史を読む、批評―学問とエッセイの重なるところ、エッセイ―定義に挑戦するもの戯曲―芝居には色気が大事だ、詩―詩は酒の肴になるからなる。

印象に残った点を要約し列挙する。

・長篇の評価基準（五四頁以下） 長篇の評価基準は①人物の魅力、②文章、③ストーリー。①人物の魅力は当たり前だがあまり論じられなかった。鷗外より漱石の方が人気があるのも、トルストイよりドストエフスキーを再読したくなるのも、人物の魅力によるもの。②文章＝語り口で近代日本文学を代表するのは谷崎潤一郎と志賀直哉。谷崎の扱うテーマはあまり多くないが、語り口が多様なために全部違う小説に読める。

・小説原論としての批評（二〇五頁以下）

日本には作家論は多いが、「小説とは」「詩とは」といった原論がない。漱石『文学論』や福田恆存は、賢いのはわかるが読んでいて楽しくない。逆に感心したのは吉田健一『文学概論』。

・日本は「好きなものづくし」（二三一頁）

日本の随筆の伝統は好きなものについて書くこと。「ものづくし」とは要するに「好きなものづくし」である。『枕草子』は春はあけぼのが好きだという話。『方丈記』は隠遁生活が好きだという話。『徒然草』は物をくれる友達がいいという話。ただし押しつけがましいのはよくない。その点『方丈記』はほんとにうまい。

・日本は理系のエッセイがいい（二三五頁）

オルダス・ハクスレー、ジョージ・オーウェルといったイギリスの小説家。グレアム・グリーンのすごみ。ナボコフ『記憶よ、語れ』。日本では漱石の『硝子戸の中』。日本は理系の随筆にも傑作あり、寺田寅彦、中谷宇吉郎、金関丈夫、中井久夫～とある。

（3）エッセイストの丸谷才一

丸谷才一のエッセイは、知的探究心を満たしてくれるものが多い。『男のポケット』（新潮文庫、一九七五）、『低空飛行』新潮社、一九七七、のち文庫）、『人間的なアルファベット』（講談社文庫、二〇一三）、『丸谷才一エッセイ傑作選1　腹を抱へる』（文春文庫、二〇一五）、『丸谷才一エッセイ傑作選2　膝を打つ』（文春文庫、二〇一五）などがある。エッセイ集『猫のつもりが虎』（文春文庫、二〇〇九）には、ナポレオンが捕まってエルバ島に流される時に言ったとされる有名な言葉がある。「エルバ島を見るまで余は有能なりき」という言葉は英語で“Able was I ere I saw Elba.”（註：ere=before）英語の文字を見て気付いただろうか？「タケヤブヤケタ」の英語版で、前から読んでも後ろから読んでも同じスペリング（回文）である。

『食通知ったかぶり』（文春文庫、一九七九）に、食に造詣が深い作家開高健が〝生まれて初めて食べる素晴らしいフランス料理〟と表現。その噂を聞きつけ、文藝春秋に食のエッセー連載中の丸谷は、鶴岡の隣町の酒田にそんなフレンチがあると信じられず「ル・ポットフー」に足を運び、「蕎麦粉のクレープとキャビアの前菜」「ガザエビのマリエール」「アカエイの黒バター掛け」「最上川の鴨のステーキグリーンペパーソース」「赤川寄りの砂丘で獲れたキジのパテ」

などを食し、「裏日本随一のフランス料理」と記している。

（４）書評文化の確立

毎日新聞が一九九二年に書評欄の大刷新を行った際、同社の委嘱により顧問に就任。企画段階から深くかかわり、特色ある紙面づくりに寄与。同顧問は二〇〇一年に辞した。書評を文芸の一つに見なす主張をし、毎日書評賞を発足させた。

書評の重要性を唱え、「質の高い読み物」としての書評文化の確立に貢献した丸谷才一は、毎日新聞書評欄「今週の本棚」に、イギリスの書評ジャーナリズムに親しみはぐくんだ「新聞書評の理想」を惜しみなく注ぎ込んだ。「書評はそれ自体、優れた読み物でなければならない」との信念に基づいた紙面作りは、「程度の高い案内者が、本の内容を要約して読者への道案内をする」新しい書評となって結実した。

書評の分量を最大で原稿用紙五枚（二千字）に大幅拡充したほか、書評執筆者名を書名や著者名の前に掲げ、各界の一流の書き手が責任をもって本を紹介、評論するスタイルを確立した。この「今週の本棚」は各紙書評欄にも影響を与え、丸谷才一の理想によって、日本の新聞書評全体が革命的な進化を遂げたといえる。『毎日新聞「今週の本棚」二十年名作選』全三巻、丸谷才一・池澤夏樹共編（毎日新聞社、二〇一二、五〜二〇一二、十二）がある。二〇〇二年には、書評をまとめた本を対象とする初めての賞「毎日書評賞」の創設にかかわった。常に本を愛し、大切に思い続けた作家、文学者だった。

丸谷才一は「今週の本棚」「二〇年　和田誠さんに感謝」（二〇一二年五月三十日　東京朝刊）にこう書いている。

「毎日新聞「今週の本棚」の顧問を二十年近くつづけることができたのは、和田誠さんのおかげだった。彼の助けがなかったら、これだけの成功はあり得なかったろう。当時編集局長だった斎藤明さんから、「今週の本棚」をすべて任せるからやってくれと言われたとき、一番心配したのは、日本の大新聞の書評欄につきものの、あの辛気くさい、陰惨な感じをどれだけ払拭《ふっしょく》できるかということだった。書評それ自体には自信があった。わたしがイギリス書評から学びつづけ、日本の書評を批判しつづけた長い体験、そしてわたしの評価する筆者たちの力量とわたしの方針に対する理解力をもってすれば、ほとんどすべてが好読物になるに決っている。それは確実だった。

しかし何しろ新聞三ページにわたる長さだし、書評欄とはこういうものだという日本ジャーナリズムの伝統的な思い込みがある。それを破壊するには大才の協力を必要とする。そこでわたしは和田さんに頼んで、いっしょに「今週の本棚」を作ってもらうことにした。その結果、彼の時代感覚、明るいユーモア、鋭い知性、いや、まず何よりも彼自身が本好きの読書人であるという条件によって、「この三冊」のイラストの、三ページ全体の表紙ともいうべき花やかな効果から、紙面総体の都市的デザインまで、わたしの狙いをしのぐ見事な成果をあげることになった」

芥川賞、谷崎潤一郎賞や読売文学賞、毎日書評賞などの選考委員を長年にわたり勤めた。村上春樹の才能を早くから見いだし、村上のデビュー作『風の歌を聴け』を群像新人文学賞において激賞。また、受賞はしなかったが芥川賞の選考においても村上を強く推した。

8　丸谷才一の俳句

俳号は玩亭《がん》。大岡信の「折々のうた」に「ばさばさと股間につかふ扇かな」がある。連句にも関心を持ち、詩人大岡信、歌人岡野弘彦らと「とくとく歌仙」や「すばる歌仙」の歌仙を四十年巻いた。何の巻かは覚えていないが、川柳のような「モンローの伝記下訳五万円」（玩亭）がある。他にメモしてある句をいくつかあげる。

「ずんずんと鼻毛の伸びる梅雨かな」、「蛇の出た穴大きくて武蔵ぶり」

「アジアでは星も恋する天の川」、「買つてこいスパイ小説風邪薬」

「白魚にあはせて燗をぬるうせよ」、「対岸の人なつかしき花の河」

「新古今八百年まつる寝正月」、「ところてんあの定女の恋の話」

「涼しさや愛されるのも一仕事」（掛川、吉行淳之介文学館にて）

『八十八句』（実際は百四句、文藝春秋刊ただし私家版、『丸谷才一全集』全十二巻　の初回配本所収、小説「裏声で歌へ君が代を」ほかに所収）がある。それからいくつか掲載する。

［春］「生きたしと一瞬おもふ春燈下」、［夏］「かたつむり耳を澄ませば啼くごとし」、「さくらんぼ 茎をしばらく持つてゐる」、「風通りよきをよく知る犬なりし」、「引出しの暗がりにありし扇かな」、「この新じやがは新じやがの味がするのであつて」、［秋］「枝豆の跳ねてかくれし忍者ぶり」、［冬］は飛ばして、最後に新年の句から、「正月や肉魚酒ウィーン・フィル」

また、『七十句』（立風書房、一九九五年）に所収のものを列挙しよう。

「仮縫で二三歩あるく春着かな」、「紅梅や顔みな違ふ羅漢たち」

「この家の雛おほきくて昔顔」、「永き日や車内のひげの品さだめ」

「闇に置けば呪文つぶやく蜆かな」、「新刊のきらきらしさや今年蛇」

「兄いもと違ふ解き方笹団子」、「晝飯に鮎三匹の長者ぶり」、

「ところてんあの国宝の瀧おもふ」、「あぢさゐを提げて家移り坂の下」

「犬たちも頭かゆかろ梅雨のまち」、「ばさばさと股間につかふ扇かな」

「長き夜をかたみに聞かすいびき哉」、「夕もみぢからはじまりし宴かな」

「半ぜんは茶づけに加賀の今年米」、「しぐるるやだらだら坂の黒光り」

「買つて来いスパイ小説風邪薬」、「餅つきの杵をよけるや坂の道」

「討入やいろはにほまで雪の中」、「枕もとに本積めばこれ宝船」

「桜桃の茎をしをりに文庫本」、「翁よりみな年かさや菊の宿」

9　漱石と丸谷才一

（1）丸谷才一とサイデン・ステッカーとの交流

エドワード・サイデンステッカー（一九二一～二〇〇七）は日本文学作品の翻訳を通し日本文化を広く紹介した日本学者。米国コロラド州の農家生まれ。コロラド大学で経済学専攻。途中で英文学専攻。海軍日本語学校で日本語を学んだ後、第二次世界大戦に海兵隊員として日本に進駐。帰米後、コロンビア大学で公法及び行政学修士号取得。一九四七年国務省外交局へ入り、イェール大学とハーヴァード大学に出向し日本語の訓練を重ねる。当時まだ日本にアメリカ大使館が存在しなかったため、連合軍最高司令長官付外交部局の一員として滞日。東京大学に籍を置いて吉田精一のもとで日本文学を勉強。東京大学に籍を置いて日本文学を勉強。一九六二年スタンフォード大学、一九六六年ミシガン大学、一九六七年コロンビア大学で日本文学を講じた。

谷崎潤一郎、川端康成、三島由紀夫ら日本文学作品を英訳し、アーサー・ウェイリーに続く二度目の『源氏物語』の英語完訳もしている。『雪国』の英訳で川端康成のノーベル文学賞受賞に貢献し、川端康成自身「ノーベル賞の半分は、サイデンステッカー教授のものだ」と言い、賞金も半分サイデンステッカーに渡した。

二〇〇六年東京の湯島に永住し、翌二〇〇七年四月二十六日、不忍池散歩中転倒し意識を失い入院。四ヵ月間の療養の甲斐もなく八月二十六日に八十六歳で死去した。

丸谷才一とサイデンステッカーとの交流があったことが「時の回廊」に記されている。

「日本文学研究家のサイデンステッカーさんは『たった一人の反乱』を気に入って、ディケンズとほぼ同世代、十九世紀イギリスのアンソニー・トロロープという当時の流行作家の作品が僕の小説と似ているといいます。イギリスでは大変読まれている作家ですが、ぼくは何度か挫折してほとんど読んでいません。似ているのは、小説にある「人の良さ」だそうです。おもしろい指摘だなと思いました。日本では人の良い小説はいけないんですよ。たちの悪い、冷ややかなものの見方や人生への態度が文学者の理想とされるのです。」「ぼくは成熟した市民の楽しみとしてあるイギリス的な小説を目指しています。長編小説というものは、成熟した知的な中流階級があって成立する。それを具現化していたイギリス文学の呼吸を学び、身につけていたから、漱石は中流階層が成熟していなかった日本で例外的にすぐれた長編小説を書けたのだと思います。『たった一人の反乱』には、文壇からはいささか批判がありました。（中略）覚悟の上なので「日本の純文学の狭隘《きょうあい》な精神風土に対する反逆として書いたものですから、あなたのような人にそういうことを言われるのは大変うれしい」と返事をしました」（「時の回廊」朝日新聞・二〇一一・八・三十一・丸谷才一談）

「サイデンステッカー氏追悼会」（二〇〇七年十一月四日上野精養軒）で、文壇を代表して丸谷才一が次のように挨拶した。

「サイデンさんの功績は川端、谷崎、太宰を海外に認知させたこと。その選び方、訳し方が、読者を豊かにした。『源氏物語』を世界に知らしめた。往時の日本の文檀は志賀直哉が谷崎潤一郎より上という位置付けだった。私小説優位を覆して、文学のレベルの領域を確立した。漱石を絶賛し、小林秀雄を認めなかった。その点でわたし（丸谷）とサイデンさんは共通していた。荷風には批判的でもあったが、サイデンさんの死に方は荷風より荷風らしい。人生そのものが文学的である」

丸谷才一は夏目漱石を研究していたからこう言えたのである。

（2）丸谷才一の夏目漱石研究・評論

丸谷才一は『闊歩《かっぽ》する漱石』（講談社文庫、二〇〇六年）の中で画期的漱石論を展開。文豪夏目漱石の『吾輩は猫である』、『坊っちゃん』、『三四郎』の初期作品や短いエッセーを評価している。『坊っちゃん』はあだ名づくしで書かれた反近代小説。『三四郎』は都市小説のさきがけ。『吾輩は猫である』は価値の逆転、浪費と型やぶりによる言葉のカーニバル。初期三作をユーモア小説のモダニズム文学としてとらえ、分析絶賛し東西古典を縦横無尽に引いて明快に語っている。『坊っちゃん』に関して三つの特徴、①登場人物に綽名（あだな）が多い、②人物描写が類型的、③面倒くさい心理描写がない、と述べている。漱石がイギリス十八世紀文学のことを考え続けながら筆をとり、傑作『トム・ジョーンズ』（フィールディング、英国一七〇七～一七五四）に刺激を受け触発されて書かれた名作で、その理由としてユーモア小説であるということ、主人公のトムと坊っちゃんの快男児である人柄と境遇の相似性などをあげている。そして、漱石がすばらしい才能を発揮した作品であると評した。登場人物のばあちゃん「清」は、主人公である坊っちゃんの生みの母であるという説[注]を提出した。また、「『坊っちゃん』の特色のなかで見落としてならないのは、構成がじつにしつかりしてゐることです。起承転結といふか序破急といふか、とにかくそれがうまく行つてゐて、たるんだ所が一箇所もない。一気呵成《いっきかせい》にぐんぐん進んで行つて、小気味よく終わる。すばらしい出来です」（『闊歩《かっぽ》する漱石』「忘れられない小説のために」2）とも述べている。

『文学のレッスン』の「日本は理系のエッセイがいい」の中で、日本では漱石の『硝子戸の中』をあげ、日本は理系の随筆にも傑作があり、寺田寅彦、中谷宇吉郎、金関丈夫、中井久夫を評価している。（『文学のレッスン』二三五頁）

しかし、後期長編作品や文学論の評価を逆転させて堂々と批評している。

「残念なことに、後期の漱石にはモダニズムの色調が薄れます。むしろ自然主義への接近が見られて、たとえば最後の作品である『明暗』など科学（医学）的真実の探求といふ点で日本自然主義のもっと先を行ってゐるやうである。初期の漱石にみなぎってゐた祝祭的文学観は失はれて、じつに不景気なことになってしまった」（『闊歩する漱石』「忘れられない小説のために」7）

漱石の『文学論』も『文学のレッスン』で次のように酷評している。

「少年時代に漱石の『文学論』を読んだのだけれど、ちっともおもしろくなかったんです（笑）。小説はあれほどすばらしいのにね。だけど同じようなタイトルでも、吉田健一さんの『文学概論』はまったく違っていた。言葉と精神についての考察から始まって、詩、散文、劇という文学の各ジャンルを一気呵成に攻めていくエネルギーに圧倒されました。（中略）漱石の本も、もとは大学の講義だけど、あれは気張りすぎですね」（『文学のレッスン』）

丸谷才一全集（文藝春秋社）第九巻『夏目漱石と近代文学』「1　夏目漱石（徴兵忌避者としての夏目漱石／慶応三年から大正五年まで／忘れられない小説のために　ほか）」に「徴兵忌避《きひ》」「モダニズム」などの視点から従来の漱石像を一変させた刺激的論考が所収されている。大日本帝国憲法発布によって次第に全男子が徴兵されねばならなくなる前の、戸主・長男などが兵役を逃れた時代、北海道在住者は兵役を逃れたこともあったことから、本籍を北海道に移し兵役を忌避したといい、「漱石」という雅号は「送籍」の意で、その徴兵忌避の罪悪感が特に『こころ』に影を落としていると論じている。夏目漱石は実は徴兵忌避者だったということを頭に入れないと、漱石の代表作である『こころ』を読む時に、主人公の先生の悩みがよく理解できないという、おそらく画期的と言っていい夏目漱石論、『こころ』論である。丸谷才一も「ぼくは幼いうちから武張ったことが嫌いであった」、「幸い町医者である父を含めて家族の者が、みな戦争と軍人とがきらいであった」（「徴兵忌避者としての夏目漱石」『コロンブスの卵』）と述べている。また、丸谷才一が「巨人軍が嫌いなのは、「巨人軍」のあの軍の字が好かないため」(「兵隊の位」『低空飛行』)と述べている。満州事変が起きた時の丸谷才一の思い出「町に号外が出た。みんなが号外を手に『戦争だ！　戦争だ！』と浮かれていた時に、子どもの丸谷才一は、『厭だなあ』と思った」(『低空飛行』)と、戦争嫌いであった。

(注)『坊っちゃん』のこと」、『群像』二〇〇七年一月号・『星のあひびき』所収

第六章　漱石と藤沢周平

1　藤沢周平の生い立ち

藤沢周平（一九二七・昭和二～一九九七・平成九）は、日本の小説家。山形県鶴岡市出身。本名、小菅留治《こすげとめじ》）は山形県東田川郡黄金村大字高坂字楯ノ下（現在の鶴岡市高坂）生まれ。父小菅繁蔵と母たきゑの第四子（兄弟は順に繁美、このゑ、久治、留治、てつ子、繁治）。実家は農家で、藤沢自身も幼少期から家の手伝いを通して農作業に関わり、この経験から後年農村を舞台にした小説や農業をめぐる随筆を多く発表することになる。郷里庄内と並んで農業は、作家藤沢周平を考えるうえで欠くことのできない要素である。江戸時代を舞台に、庶民や下級武士の哀歓を描いた時代小説作品を多く残した。特に、架空の藩「海坂藩《うなさかはん》」を舞台にした作品群が有名である。

一九三四年、青龍寺尋常高等小学校入学（在学中に黄金村国民学校に改称。現在の鶴岡市立黄金小学校）。小学校時代から多くの小説、雑誌の類を濫読し、登下校の最中にも書物を手放さなかった。一九四二年、黄金村国民学校高等科を卒業し、山形県立鶴岡中学校（現在の鶴岡南高校）夜間部入学。昼間は印刷会社や村役場書記補として働いた。

一九四六年に中学校を卒業後、山形師範学校（現在の山形大学）に進む。入学後はもっぱら文芸に親しみ、校内の同人雑誌『砕氷船』に参加（この時の同人は蒲生芳郎など）。この時期の思い出は自伝『半生の記』に詳しく記されており、また小説作品にしばしば登場する剣術道場同門の友情などにも形を変えて描かれている。

2　教員時代の藤沢周平

一九四九年、山形師範学校を卒業後、山形県西田川郡湯田川村立湯田川中学校（鶴岡市湯田川、現在は鶴岡市立鶴岡第四中学校へ統合）に赴任し、国語と社会を担当。一九五一年、『砕氷船』の後継誌である『プレリュウド』に参加した。しかし、この年三月の集団検診で肺結核が発見され、休職を余儀なくされた。

一九五二年二月、東京都北多摩郡東村山町(現在の東村山市)の篠田病院に入院し、保生園病院において右肺上葉切除の大手術を受けた。術後は順調で、篠田病院内の句会に参加し、俳誌『海坂』に投稿するようになり、「北邨」の俳号を用いた。またこの時期大いに読書に励み、特に海外小説に親しみ、作家生活の素地を完成させた。

3　記者時代の藤沢周平

一九五七年、退院準備に入るものの思わしい就職先が見つからず、郷里で教員生活を送ることを断念。練馬区貫井町に下宿して業界新聞に勤めはじめるが、倒産などが相次ぎ数紙を転々とした。一九五九年、八歳年下の同郷者であった三浦悦子と結婚。一九六〇年に株式会社日本食品経済社に入社、『日本食品加工新聞』の記者となる。以後作家生活に専念するまで同社に勤務、記者としての仕事は、本人の性にあっており、精力的に取材執筆を行う。のちに同紙編集長に昇進し、ハム・ソーセージ業界について健筆を振るい、業界の健全化に尽力した。コラム「甘味辛味」を共同で執筆。取材先の一つ日本ハム創業者で当時社長の大社義規とは信頼関係を結んだ。そのかたわら文学への情熱やみがたく、勤務しながらこつこつと小説を書き続けていた。当時はもっぱら純文学を志していた。一九六三年に、読売新聞短編小説賞に『赤い夕日』が選外佳作となった。

一九六三年、長女展子《のぶこ》(遠藤展子、エッセイストで『藤沢周平　父の周辺』等の著書)が生まれるも十月に妻悦子が二十八歳の若さでがんにより急逝。このことに強い衝撃を受け、やり場のない虚無感をなだめるために時代小説の筆を執るようになり、主に大衆的な「倶楽部雑誌」に短編を発表(『藤沢周平　未刊行初期短編』に収録)。藤沢作品の初期に特徴的な、救いのない暗い雰囲気とヒロインの悲劇には、妻の死が強く影響を与えていると思われる。翌年以降、毎年のようにオール讀物新人賞に投稿を始める。一九六五年から「藤沢周平」のペンネームを使いはじめた。「藤沢」は悦子の実家のある地名(鶴岡市藤沢)から、「周」の字は悦子の親族の名から採られている。

趣味は囲碁。日本棋院から初段を認められる腕前であり、職場（新聞社）の昼休みに打つ他、作家専業になってからも近所の碁会所に通ったり、作家仲間と打つなどしていた。碁に負けると林海峰の『定石の急所』を帰宅後ひそかに読んでいたという。本人は「直木賞をとってもアマ四段の職場の同僚に負けており、なかなか腕が上がらない」と述べている。また、しばしばエッセイで囲碁について触れている。

4　作家藤沢周平

（1）作家デビュー

一九六九年、高澤和子と再婚。長女とあわせて三人家族となる。一九七一年についに『溟《くら》い海』が第三十八回オール讀物新人賞を受賞し、直木賞候補となり、翌年『暗殺の年輪』（俳誌『海坂』から借用の「海坂藩」が初出。水平線が描くゆるやかな弧を呼ぶと聞いた記憶があるとし「うつくしい言葉である」と紹介）で第六十九回直木賞受賞。新進の時代小説作家として認められるようになる。この年最初の作品集『暗殺の年輪』を文藝春秋より刊行し、翌一九七四年には日本食品経済社を退社して、本格的な作家生活に入る。この頃の自分の心境を、藤沢は『小説の周辺』でこう綴っている。

「三十代のおしまいごろから四十代のはじめにかけて、私はかなりしつこい鬱屈をかかえて暮らしていた。鬱屈といっても仕事や世の中に対する不満といったものではなく、まったく私的なものだったが、私はそれを通して世の中に絶望し、またそういう自分自身にも愛想をつかしていた。（中略）（そういう鬱屈の解消方法が）私の場合は小説を書く作業につながった。「溟《くら》い海」は、そんなぐあいで出来上がった小説である」（『小説の周辺』・「溟い海」の背景）

「私自身当時の小説を読み返すと、少少苦痛を感じるほどに暗い仕上がりのものが多い。男女の愛は別離で終わるし、武士が死んで物語が終わるというふうだった。ハッピーエンドが書けなかった」（『小説の周辺』・転機の作物）

自ら述べるように初期作品は暗く重い作風であり、地味な作家であったが、一九七六年刊行の『竹光始末』、同年連載の『用心棒日月抄』のあたりから作風が変わり、綿密な描写と美しい抒情性のうえにユーモアの彩りが濃厚となってきた。藤沢は、これについて「『用心棒日月抄』あたりからユーモアの要素が入り込んできた。北国風のユーモアが目覚めたということだったかも知れない」（『小説の周辺』転機の作物、要約）と述べている。

学生時代以降、闘病生活等を通して作家としてデビューする以前から「浮世絵」「俳句」「短歌・詩」に相当造詣《ぞうけい》が深い。浮世絵に関して『暝《くら》い海』（一九七一年）で北斎、更に『旅の誘い』（一九七四年）で広重、『喜多川歌麿女絵草紙』（一九七五年）で歌麿を描いた。俳句の分野では有名な作品『一茶』（一九七七年）を完成。残る短歌の世界についても書きたかったと思われるのが『小説　長塚節　白き瓶』（一九八五年）であり、これによって三ジャンルの作品が完成した。

（2）円熟期と晩年

一九八〇年代前半、町人もので数多くの秀品（『時雨みち』『霜の朝』『龍を見た男』などの短篇集に所収）を出す一方で、大衆小説の本道ともいうべき娯楽色の強いシリーズもの（短篇連作）を次々と生みだす。刊行年によって挙げると、一九八〇年に町人もの『橋ものがたり』。江戸の市井に生きる庶民の哀歓を描いた十編の連作短編集。橋を仲立ちにして、さまざまな人生が交錯する。暗い情念が前面に出た初期の作品に比べ「優しさ」や「救済」の要素が増し、藤沢文学の変化を示す転機の作品と評価された。捕物帳の『霧の果て―神谷玄次郎捕物控』、獄医立花登ものの第一作となる『春秋の檻―獄医立花登手控え』、『用心棒日月抄』の第二部『孤剣』を書いている。翌一九八一年にはユーモア色を生かした『隠し剣孤影抄』『隠し剣秋風抄』と立花登ものの第二作『風雪の檻』、一九八二年には同じく『愛憎の檻』、一九八三年には『用心棒日月抄』の系統を生かした『よろずや平四郎活人剣』、立花登第三作『人間の檻』、『用心棒日月抄』の第三作『刺客』などを書いた。短編九編を収める『隠し剣秋風抄』は、五間川、染川町など、海坂藩物ではおなじみの地名が登場し、秘剣の使い手たちが、藩内の抗争や男女間の愛憎劇に巻き込まれる作品。「盲目剣谺返し」は、木村拓哉が主演した映画「武士の一分」（山田洋次監督）の原作である。

一九八四年以降になると、シリーズもののほかに綿密な構成による長篇が登場し、物語性の強い傑作が相次いで発表・刊行されるようになる。すでに一九八〇年に唯一の伝奇小説『闇の傀儡師』、一九八二年に江戸のハードボイルドを狙ったといわれる彫師伊之助ものの第二作『漆黒の霧の中で─彫師伊之助捕物覚え』が上梓されているが、一九八四年には江戸を舞台にした恋愛小説『海鳴り』、一九八五年には武家青春小説とお家騒動ものの系譜の集大成ともいえる『風の果て』と伊之助もの第三作『ささやく河』が刊行され、いずれも高い人気を得た。一九八八年に、海坂藩の下級武士牧文四郎の成長と、隣家の娘ふくとの心の通い合いを描いた『蟬《せみ》しぐれ』を書いた。テレビドラマや映画化され名作となった。

一九八九年作の『三屋清左衛門残日録』は、隠居後の男の日々を描き、中高年に圧倒的な支持を受けている時代小説である。実はこの作品は城山三郎のベストセラー『毎日が日曜日』（一九七六年刊）を遠いヒントにして書かれている。『毎日が日曜日』は商社を舞台に左遷された者や定年退職した会社員の生き方を描いた小説。同作を「定年後のことを考える先駆的な小説」と評価する藤沢が自分の還暦を挟み連載。用人まで務めた清左衛門が家督を長男に譲って、藩主から贈られた隠居部屋で生活を始める。まだ五十代前半の清左衛門は剣術の道場に通う一方で、昔の人脈を生かして、藩の派閥抗争の始末にもかかわっていく物語である。一方、小料理屋「涌井」の女将みさとの淡い恋模様が彩りを添えている。

組織から離れた不安。組織に守られて、これまでの人生があったことへの気づき。隠居、退職者の内心を占める寂しさ。これに対し、「やっぱり今までの現実社会とつないでおいたほうが、人間というのは生きがいがあるんだ」と藤沢周平は城山三郎との対談（一九九三年）で述べた。城山三郎も次のように述べている。

「『毎日が日曜日』でも会社の仕事に背を向けて蓄財に励み、定年万歳バンザイと言って会社を去った男が、それだけではどこか幸せになれない。人間、やはり社会とどういう形でコミットするかです。そこでしか生きがいは生まれないと思いますよ。」（城山三郎、二〇〇五年五月二十一日（土）静岡新聞夕刊七頁『文人往来』より）

藤沢周平は「人生の答えも、ゴールもない」文学作品を多く書き、一生孤独を愛した作家である。それを物語る言葉がある。

「昔は群れの中の一匹の羊であるより、孤独なオオカミでありたいとひそかに思った男たちが、あちこちやたらにいたような気がする」（エッセー「狼」の一節・昭和五十五年・上野動物園でのこと）

一九九二年六月に、文藝春秋で『藤沢周平全集』を刊行開始した（全二三巻、一九九四年四月完結）。晩年の藤沢周平は、若い頃の結核手術の際の輸血で罹患した肝炎により一九九六年には入退院を繰り返した。一九九六年七月に帰宅した際、『文藝春秋』への連載が四月号より中断していた「漆の実のみのる国」結末部の六枚を執筆した。一九九七年一月二十六日、肝不全のため東京の病院で逝去した（六十九歳没）。戒名は藤澤院周徳留信居士、墓所は都営八王子霊園。一月二十六日は「寒梅忌」。

没後、山形県県民栄誉賞と鶴岡市特別顕彰（鶴岡市名誉市民顕彰と同等）が贈られた。長女遠藤展子は、エッセイスト。二〇一〇年四月二十九日、出身地の鶴岡市に「鶴岡市立藤沢周平記念館」が開館した。

5　漱石と藤沢周平

（1）漱石と斎藤茂吉と長塚節

斎藤茂吉(注1)は第一高等学校で夏目漱石の講義を受講した。その後も漱石と交流があった。長男は精神科医・エッセイストの斎藤茂太（一九一六～二〇〇六）、次男が本名斎藤宗吉・小説家の北杜夫（一九二七～二〇一一）である。

長塚節《たかし》(注2)は夏目漱石が朝日新聞連載小説『門』の後釜として推挙・絶賛した長編『土』（当時の農村を写実的に描写）の執筆者である。咽頭結核で死去、享年三十五歳であった。その死を悼み漱石と斎藤茂吉の書簡交流がある。茂吉が長塚節の死を漱石に伝えた時の漱石の返信がある。

大正四年二月九日（火）　斎藤茂吉宛て（はがき）

拝啓　長塚節氏死去の御通知にあづかりありがとう存じます、実は昨日久保猪之吉君から電報で知らせて来てくれた処です、惜しい事を致しました。私は生前別に同君の為に何も致しませんのを世話をしたやうに思つてゐられるのでせうか。何うも気の毒でなりません。

次は手紙である。

大正四年二月十七日（水）　斎藤茂吉宛て　書簡

拝啓　長塚節君の死去広告中友人として小生の名前が若し御入用ならばどうぞ御使用下さい小布施君がわざゝ御出には及びませんから、其位の事で長塚君に好意が表せるものなら私は嬉しく思ひます（後略）

夏目金之助

斎藤茂吉様

『土』の単行本化に当たって、漱石はこんな序文も寄せている。

「或者は何故長塚君はこんな読みづらいものを書いたのだと疑がふかも知れない。そんな人に対して余はたゞ一言、斯様な生活をしている人間が、我々と同時代に、しかも帝都を去る程遠からぬ田舎に住んで居るといふ悲惨な事実を、ひしと一度は胸の底に抱き締めて見たら、公等（あなたがた）の是から先の人生観の上に、又公等の日常の行動の上に、何かの参考として利益を与へはしまいかと聞きたい。（略）余の娘が年頃になつて、音楽会がどうだの、帝国座がどうだのと云ひ募る時分になつたら、余は是非此『土』を読ましたいと思って居る」（『「土」に就て』）

（2）長塚節と藤沢周平

藤沢周平は長塚節の伝記『白き瓶《かめ》　小説・長塚節』で彼の一生を描いて吉川英治文学賞を受賞（一九八六・昭和六十一）している。長塚節が師と仰ぐ正岡子規を訪ねたのは二十一歳の時。師の元で和歌を学び、伊藤左千夫とともに根岸派の重鎮として併称されるようになる。根岸派は子規の庵があった場所の名からそこで開催された歌会が根岸短歌会と呼ばれたことによる。節の生涯には当時名を馳せた数多くの著名な文学者が関る。森鷗外、夏目漱石、高浜虚子、斎藤茂吉、島木赤彦、石川啄木……。それらの名が物語に登場し、藤沢の筆力が一人一人を生身の人間として浮き上がらせている。「聖僧のおもかげあるといわれた清潔な風貌と壊れやすい体を持っていた」と描かれた歌人長塚節自身が好んで詠った白埴《しろはに》の瓶に例えている。「白埴の瓶こそよけれ霧ながら朝はつめたき水くみにけり」。この中で漱石について、「田圃から一・二丁しかはなれていない牛込喜久井町に住みながら、稲の苗をみてもそれが米の実がなる苗だと知らず、（正岡）子規をおどろかした」とある。このことについては、子規の随筆『墨汁一滴』に記載がある。

（注1）斎藤茂吉（一八八二・明治十五～一九五三・昭和二十八）は山形県上山市生まれ。東京帝国大学医科大学卒、歌人・精神科医。明治三十八年、正岡子規の『竹の里歌』を読み作家を志す。雑誌『アララギ』編集、歌集『赤光』はじめ歌集十七冊。歌約一万八千首。短歌「死にたまふ母」、「最上川」等。柿本人麻の研究や近代歌人の研究を手がけ、歌論、随筆著述。文化勲章受章（一九五一年）。

（注2）長塚節《たかし》（一八七九～一九一五）は茨城県生まれの歌人・小説家。夏目漱石が『門』の後釜として推挙・絶賛した長編『土』（当時の農村を写実的に描写）が東京朝日新聞に連載。咽頭結核で死去、享年三十五歳）

6　藤沢周平を高く評価する丸谷才一

庄内人を副島種臣《そえじまたねおみ》は〝沈潜《ちんせん》の風〟（派手な事はしないけれど、力を蓄えいざというときに発揮する、といった意味）、と評したそうだが、郷土の文学者藤沢周平の作品を見ればそれが分かる。時代小説の巨匠藤沢周平は、一九九七年一月二十六日惜しまれつつ六十九歳の若さでこの世を去った。三つ年上で同郷の丸谷才一はその告別式で弔辞を読んだ、藤沢周平を偲び次のように述べている。

「明治、大正、昭和三代の時代小説を通じて並ぶ者のない文章の名手は藤沢周平でした」

丸谷才一はまた次の文章を残している。

「戦前と戦後の時代小説をくらべて、誰もが認めなければならないのは、戦後は文章がよくなつたことだと思ひます。意味がよく通るし、きれいだし、柄も悪くない。さうなりました。これはもちろん読者の成熟といふことが大きい。昔風のおおざっぱな文章ではもう読んでもらへなくなつたのです。しかしそのなかで藤沢周平の文体が出色だつたのは、あなたの天腑の才と並々ならぬ研鑽によるものでせう。あなたの言葉のつかひ方は、作中人物である剣豪たちの剣のつかひ方のやうに、小気味がよくしやれてゐた。粋でしかも着実だつた。わたしに言はせれば明治、大正、昭和三代を通じて、並ぶ者のない文章の名手は藤沢周平でした。そしてわれわれは、その自在な名文のせいでの現実感があればこそ、江戸の市井に生きる男女の哀感に泪し、どうやら最上川下流にあるらしい小さな藩の運命に一喜一憂することができたのです。〈中略〉あなたは比類のない勉強家で、しかも苦心のあとを気づかせない名匠でありました。そのため読者は、あなたの描く薄倖の女の運命に吐息をつき、のんびりした剣客の冒険に大笑ひして、人間として生きることのあはれをしたたか味はされ、そして今日の憂さを忘れ、明日もまた生きてゆく活力を得ることができたのです」(『文書といふ剣のつかひ手』)

当時、文壇の重鎮と呼ばれた丸谷才一をして、このように言わしめる藤沢周平は文章の達人であり、名手である。

「読者は、あなたの描く薄倖の女の運命に吐息をつき、のんびりした剣客の冒険に大笑ひして、人間として生きることのあはれさをしたたかに味はされ、そして今日の憂さを忘れ、明日もまた生きてゆく活力を得ることができたのです。あなたの新作小説が出ることは、数多くの日本人にとつて、政変よりも株の暴騰や暴落よりもずつと大きな事件でした」(『挨拶は大変だ』一五二頁)

特に藤沢周平の作品には風景描写の美しさと心理描写の丁寧さがある。心理描写が巧みな例を引用しよう。

「「いとしかったら、殺してはならん」

そう言ったとき、善左エ門の眼に不意に涙が盛りあがり、涙は溢れて頬をしたたり落ちた。善左エ門は眼をそらさずに吉蔵を見つめていた。涙の意味は、吉蔵にはわからなかった。それなのに、善左エ門をゆさぶった悲しみが、なぜかわかる気がした。吉蔵は、自分の眼にも涙が溢れるのを感じた。人間というやつは、なんてえ切ねえ生き物なんだ、と吉蔵は思っていた」(「殺すな」『橋ものがたり』一九八〇、新潮文庫)

風景描写に関しても『橋ものがたり』から引用しよう。

「江戸の町の上にひろがっている夕焼けは、弥平が五本松にかかるころには、いよいよ色あざやかになった。南から北にかけて、高い空一面をうろこ雲が埋め、雪は赤々と焼けている。そして西空の、そこに日が沈んだあたりは、ほとんど金色にかがやいていた。その夕焼けを背に、凹凸を刻む町の屋根が、黒く浮かび上がっている。あちこちの窓から灯影が洩れているが、壮大な夕焼けの光の下では貧しげな色に見えた。小名木川の水が、空の光を映し、その川筋の方がはるかに明るく見えた」(「吹く風は秋」『橋ものがたり』)

広瀬夜中(フリーランス)はブログの中で藤沢周平作品の文体と漢字率について次のように述べている。

「端正で「乾いたような」と表現される藤沢周平の文体は、描写やセンテンスの長さ、言葉選びも、物書きの教科書のような文章。何度読んでもほれぼれする。一般的に、文章を書く時は漢字率は三十〜三十五%ほどが良いと言われているが、藤沢周平の文章での漢字率は二十〜三十%程度だと思われる。文章を一つの固まりとして見た時にバランスが良く見えるのは、この漢字率の関係もあるかもしれない。文章力を上げるために小説を模写するなら、日本人は藤沢周平を選んでおけば百%間違いないと思う」

7 藤沢周平の俳句

藤沢周平の俳号は「留次」から「北邨」と変わっていった。『一茶』藤沢周平著もある。

地方に行って講演をした折に色紙を頼まれると、「軒を出て狗《いぬ》（犬）寒月に照らされる」（二十七歳・俳誌『海坂』）と詠んだ。二〇〇八年五月二日（金）朝日新聞の「天声人語」にも、「メーデーは過ぎて貧しきもの貧し」、「桐咲くや田を売る話多き村」が所収されている。

文藝春秋『藤沢周平句集』に生涯百五句が所収されている。

「花合歓や畦を溢るゝ雨後の水」（湯田川小学校碑文）、「雲映じその雲紅し秋の川」
「初鴉病者は帰る家持たず」、「汝を帰す胸に木枯鳴りとよむ」
「竜胆や人体模型かしぎ立つ」、「十薬や病者ら聖書持ち集ふ」
「梅雨寒の旅路はるばる母来ませり」、「汝が去るは正しと言ひて地に呟くも」
「雪の病廊昼も灯がともる」、「桐の花咲く邑に病みロマ書読む」
「水争ふ兄を残して帰りけり」、「汝を帰す胸に木枯鳴りとよむ」
「桐咲くや掌触るゝのみの病者の愛」、「梅雨寒の旅路はるばる母来ませり」
「はまなすや砂丘に漁歌もなく暮れる」、「枯野はも涯の死火山脈白く」
「微かなる脳の疲れや薔薇薫る」、「黒南風の潮ビキニの日より病む」
「葭簀《よしず》よりはだか童の駈け出づる」「舊友《きゅうゆう》の髪の薄さよ天高し」
「花合歓や畦を溢るゝ雨後の水」、「桐の花葬りの楽の遠かりけり」
「桐の花踏み葬列が通るなり」、「葬列に桐の花の香かむさりぬ」

「基督者の墓地ある丘の木の芽吹く」、「父あらぬ童唱へり冬虹に」
「雪崩るるよ盆地の闇をゆるがして」、「故郷には母古雛を祭るらん」
「石蹴りに飽ければ春月昇りをり」、「秋の川芥も石もあらはれて」
「日の砂洲の獣骨白し秋の川」、「桐咲くや田を売る話多き村」
「春水のほとりいつまで泣く子かも」、「野をわれを霙うつなり打たれゆく」

第三部　夏目漱石と俳句・Haiku

第七章　漱石と俳句

1　俳人子規と漱石

（1）子規と漱石

正岡子規（一八六七～一九〇二、俳人・歌人。本名、正岡常規《つねのり》。幼名、升《のぼる》）は現在の愛媛県松山市花園町に生まれた。明治十六年上京。当時は政治家志望であったが、やがて文学者志望に転じた。明治二十五年、俳句論「獺祭書屋俳話」の連載を開始し、注目を浴びた。明治二十八年、日清戦争従軍後、帰国途中に喀血。以後、永い病床生活に入るも文学上の仕事は活発化し、翌二十九年には三千以上の俳句を残している。明治三十一年、「歌よみに与ふる書」を発表し、短歌革新にものりだした。芭蕉や古今和歌集についての自説を展開して、それらの全国的な再評価を喚起した。明治三十五年九月十九日、脊椎カリエスにより死去。享年三十四歳。その凄絶な闘病生活は、随筆「病牀六尺」（明治三十五）などに詳しい。代表作は「獺祭書屋俳話」、「歌よみに与ふる書」、「病牀六尺」、「竹乃里歌」、「寒山落木」など。

夏目漱石は明治二十二年から大正五年にわたって約二千六百句を残している。正岡子規との出会いで俳句の世界に入りこむ。俳号は「愚陀佛《ぐだぶつ》」である。最も古い句は明治二十二年の次の二句である。

帰ろふと泣かずに笑へ時鳥《ほととぎす》　（明治二十二）

聞かふとて誰も待たぬに時鳥（明治二十二）

正岡子規は当時医師から肺病と診断されショックを受け、四、五十句の時鳥《ほととぎす》の句を作り、以来、「子規」と号したという。子規は時鳥の異称を持ち、時鳥は当時死病とみなされていた結核の代名詞でもある。俳句の祖である俳諧《はいかい》とは、もともと滑稽《こっけい》の意味であり、子規をして「滑稽思想を有す」、「我が俳句に滑稽趣味を発揮し成功した者は漱石なり」（『墨汁一滴』正岡子規作、明治三十四）と言わしめるほど、漱石は独自の境地を開いている。当為即妙な俳風であり、漢詩文が漱石の基礎的教養であったので実に多くの漢語を用いている。漱石の作品のなかで漢語と俳句が文体を引き締める効果を持っている。子規は漱石が英国留学中に亡くなった。

漱石は自然の風物や人事をよく読んでいる。

村長の羽織短き寒さ哉（明治二十九）

うつむいて膝にだきつく寒哉（明治二十九）

俳句は季題によって自然の風物や人事を詠《よ》む世界一短い定型詩でもある。四季折々の花鳥風月や草花に感動を覚えた美しい言葉、知性や感性に訴える言葉が凝縮《ぎょうしゅく》されている。漱石も草花を多く詠んでいるが、次の句は愚直に生きようとする人柄を表す名句といえよう。

木瓜《ぼけ》咲くや漱石拙《せつ》を守るべく（明治三十）

菫《すみれ》ほどな小さき人に生まれたし（明治三十）

また、椿《つばき》の落ちる様子をよく詠んでいる。次の落椿《おちつばき》の句は有名である。

弦音《つるおと》にほたりと落ちる椿かな（明治二十七）
先達《せんだつ》の斗巾《ときん》の上や落ち椿（明治二十九）
落椿《おちつばき》重なり合ひて涅槃哉《ねはんかな》（明治二十九）
落ちさまに虻《あぶ》を伏せたる椿哉《かな》（明治三十）（寺田寅彦の物理実験でも有名）
藁《わら》打てば藁に落ちくる椿哉《かな》（大正三）

漱石は「俳句は禅味あり。西詩に耶蘇味あり。故に俳句は淡白なり。洒落なり。時に出世間的なり」（随想『不言の言』明治三十一）と俳句観を書いている。

そして、漱石は俳句が西洋になく、日本独特のものであることを次のように述べている。

「俳諧の趣味ですか、西洋には有りませんな。川柳といふやうなものは西洋の詩の中にもありますが、俳句趣味のものは詩の中にもないし、又それが詩の本質を形作つても居ない。日本独特と言つてゐるでせう。

一体日本と西洋とは家屋の建築装飾なぞからして違つて居るので、日本では短冊のやうな小さなものを掛けて置いても一の装飾になるが、西洋のやうな大きな構造ではあんな小ぽけな《ちひ》ものを置いても一向目に立たない。

俳句に進歩はないでせう、唯変化するだけでせう。イクラ複雑にしたつて勧工場のやうにゴタ〳〵並べたてたつて仕様がない。日本の衣服が簡便である如く、日本の家屋が簡便である如く、俳句も亦簡便なものである」（『西洋にはない』明治四十四、六、一、『俳味』所収）

いくらか集中して俳句を作ったのは明治四十三年の秋、いわゆる修善寺の大患《たいかん》の回復期である。たとえば高い評価を受け、漱石公園の漱石胸像左側に刻まれている句（明治四十三年十月二十二日の日記に記載）がある。

肩に来て人懐《ひとなつ》かしや赤蜻蛉《あかとんぼ》（明治四十三）

十二月九日は漱石が没した日で、「漱石忌」。現代俳句の世界で十二月に用いられる季語ともなっている。

（２）シェークスピア作品を俳句に

三十六歳の漱石は講師をしていた文科大学英文学科で、三年の小松武治（山形県上山市生まれ、生没年不詳、明治三十七年東京帝国大学英文科卒、英文学者。号は「月陵」）のチャールズ・ラム訳書『沙翁物語集』（一八〇七年）に序文を頼まれ、「小羊物語に題す十句」（明治三十七年五月・『漱石全集』岩波書店、第十六巻二三頁）を寄せている。その手紙に、次のように綴っている。

明治三十七年三月二十七日（日）　小松武治宛て　書簡

拝啓先日御持参のリヤ王物語拝見一々原文と対照候為め存外手間どり候今分にては他の分も相応に時日を要すべきかと存候乍失敬少々添削（栅）を施し申候へば御披見の上御取捨可被下候　以上　（夏目金之助）

明治三十七年　四月　小松武二（治）宛て　書簡

御依頼の冬物語閲了御急ぎの事と存候間召使を以て御送り申候御落掌可被下候
是にて沙翁物語も一先結了一寸一服出来る訳に候　以上（夏目金之助）

シェークスピア作品を俳句にしたのは古今東西で漱石が初めてであろう。小松武治著『沙翁物語集』（『シェークスピア物語』の十編邦訳＋小羊物語に題す十句は次のとおりである。

雨ともならず唯凩の吹き募る（『リア王』に対応）
見るからに涼しき島に住むからに（『テンペスト』に対応）
骸骨を叩いて見たる菫かな（『ハムレット』五幕三場（墓堀りの場、道化の髑髏と対面して）に対応。）
罪もうれし二人にかゝる朧月（『ロメオとジュリエット』二幕二場（バルコニーの場）に対応）
小夜時雨眠るなかれと鐘を撞く（『マクベス』二幕一場（ダンカン王殺害の場）に対応）
伏す萩の風情にそれと覚りてよ（『十二夜』に対応）
白菊にしばし逡巡らふ鋏かな（『オセロ』五幕二場（寝室、デズデモーナ殺害の場）に対応）
女郎花（おみなえし）を男郎花（おとこえし）とや思ひけん（『ヴェニスの商人』五幕一場（法廷の場、新妻ポーシャ男装し判事に扮す）に対応）
人形の独りと動く日永かな（『冬物語』に対応）
世を忍ぶ男姿や花吹雪（『お気に召すまま』に対応）

2　高浜虚子と漱石

(1) 高浜虚子の生涯

高浜虚子《きょし》㊟は愛媛県松山市湊町に旧松山藩士・池内政忠の五男として生まれた。九歳の時に祖母の実家、高濱家を継いだ。一八八八年（明治二十一）、伊予尋常中学（現在の愛媛県立松山東高校）に入学。一歳年上の河東碧梧桐《かわひがしへきごとう》と同級になり、彼を介して正岡子規に兄事し俳句を教わった。一八九一年（明治二十四）子規から「虚子」の号を授かる。

一八九三年（明治二十六）、碧梧桐と共に京都の第三高等学校（現在の京都大学総合人間学部）に進学。この当時の虚子と碧梧桐は非常に仲が良く、寝食を共にしその下宿を「虚桐庵」と名付けるほどだった。一八九四年（明治二十七年）、三高の学科改変により碧梧桐と共に仙台の第二高等学校（後の東北大学教養部）に転入するも中退、上京して東京都台東区根岸にあった子規庵に転がり込んだ。このころ虚子は学業よりも放蕩の時代であった。なかでも娘義太夫に入れあげ、その中の小土佐に「恋した」（河東碧梧桐『寓居日記』）。この娘義太夫については自身の小説『俳諧師』でも思いが綴られている。一八九五年（明治二十八）十二月、自身の短命を悟った子規より後継者となることを要請されたが拒否（いわゆる「道灌山事件」）した。

一八九七年（明治三十）、元来碧梧桐の婚約者でありながら碧梧桐の入院中に親密になった大畠いと（糸子）と結婚。

一八九八年（明治三十一）、萬朝報に入社するも母の病気のため松山滞在中長期欠勤を理由に除籍され生活に困窮した。子規の協力を得て前年に柳原極堂が松山で創刊した俳誌『ホトトギス』を引き継ぎ東京に移転。俳句だけでなく和歌、散文などを加えて俳句文芸誌として再出発し、夏目漱石などからも寄稿を受ける。子規の没した一九〇二年（明治三十五）、俳句の創作を辞め、その後は小説の創作に没頭した。

一九一〇年（明治四十三）、一家をあげて神奈川県鎌倉市に移住し、亡くなるまでの五十年間を過ごした。一九一三年（大正二）、碧梧桐に対抗するため俳壇に復帰。このとき碧梧桐の新傾向俳句との対決の決意表明とも言える句「春風や闘志抱きて丘に立つ」を詠んでいる。同年、国民新聞時代の部下であった嶋田青峰に『ホトトギス』の編集一切を任せる旨を表明した。

一九三七年（昭和十二）芸術院会員。一九四〇年（昭和十五）日本俳句作家協会（翌々年より日本文学報国会俳句部会）会長。一九四四年（昭和十九）九月四日、太平洋戦争の戦火を避けて長野県小諸市に疎開し、一九四七年（昭和二十二年）十月までの足掛け四年間を小諸で暮した。

一九五四年（昭和二十九）、文化勲章受章。一九五九年（昭和三十四）四月八日、脳溢血のため八十五歳で永眠。墓所は鎌倉市扇ヶ谷の寿福寺。戒名は虚子庵高吟椿寿居士。忌日の四月八日を虚子忌、椿寿忌《ちんじゅき》という。生涯に二十万句を超える俳句を詠んだ。

二〇〇〇年（平成十二）三月二十八日、長野県小諸市に小諸高浜虚子記念館が、四月、兵庫県芦屋市に虚子記念文学館が開館した。

（注）高浜虚子《きょし》、（旧字体：高濱虚子、一八七四～一九五九、俳人・小説家、本名は高浜清。名前の末尾に「子」と付くため、女性に間違われやすいが男性である。「虚子（キョシ）」の名は本名の「清（キヨシ）」に由来しているため「こ」ではなく「し」と読む）

（2）俳壇に君臨した虚子

子規の没後、五七五調に囚われない新傾向俳句を唱えた碧梧桐に対して、虚子は一九一三年（大正二）の俳壇復帰の理由として、俳句は伝統的な五七五調で詠まれるべきであると唱えた。また、季語を重んじ平明で余韻があるべきだとし、客観写生を旨とすることを主張し、「守旧派」として碧梧桐と激しく対立した。そしてまた、一九二七年（昭和二）、俳句こそは「花鳥諷詠」「客観写生」の詩であるという理念を掲げた。しかしまた反面、碧梧桐が亡くなった翌年の一九三七年（昭和十二）には嘗ての親友であり激論を交わしたライバルの死を悼む句「たとふれば独楽のはぢける如くなり」を詠んだ。

俳壇に復帰したのち、虚子つまり「ホトトギス」は大きく勢力を伸ばし、大正、昭和期（特に戦前）は、俳壇即ホトトギスであったといえる。虚子は俳壇に君臨する存在であった。「ホトトギス」からは飯田蛇笏、水原秋桜子、山口誓子、中村草田男、川端茅舎、松本たかしなどが輩出している。一九五九年（昭和三十四）四月八日：勲一等瑞宝章。高浜年尾（長男）星野立子（次女）池内友次郎（次男）高木晴子（五女）、上野章子（六女）も俳人である。句集に『虚子句集』、『五百句』、『七百五十句』、『六百句』、『虚子俳話』、『句日記』がある。小説集に『鶏頭』、『柿二つ』、『俳諧師』、『虹』がある。代表作に「遠山に日の当たりたる枯野かな」、「春風や闘志抱きて丘に立つ」、「去年今年貫く棒の如きもの」、「波音の由井ガ濱より初電車」、「吾も亦紅なりとひそやかに」などがある。

（３）漱石を文学界に導いた虚子

英国留学後、周囲の無理解などで孤独な漱石の学究生活は、危険で不安定な精神状態にあった。理解の手を差しのべたのは高浜虚子だった。二人は道後温泉につかり、俳体詩を作って楽しんで以来親交を重ねてきた仲だった。漱石はそれに応え、鬱屈した心情を吹き飛ばすかのように筆を執った。タイトルははじめ「猫伝」が考えられたが、虚子によって冒頭の一句「吾輩は猫である」が選ばれ、若干の修訂を加えた原稿が、根岸の子規庵で行われた文章会「山会」の席上で朗読された。しかし、次第に表現の方向性をめぐって二人の間に齟齬《そご》が生じた。「第二回、第三回と重なるにつれて漱石の筆が多少蕪雑になつていくのを多少批難する声は文章会の仲間のもの〻口から聞こえた。漱石はそれらに頓着なく赴くま〻に筆を駆つた。」（虚子「平凡化された漱石」一九二七年）

漱石の小説第一作『吾輩は猫である』を書きだしたのは三十七歳、デビューしてすぐに一人前の作家とみなされた。ただ、「猫」の第一章だけは「ホトトギス」の編集者・高浜虚子のアドバイスで、原稿を削った。第一章がきわだって短いのはそのためでもある。二章の三分の一ほどである。漱石はおおむね指摘通りに直した。原稿用紙二枚分を削った部分もあったという。「猫」の原稿用紙は一枚五百七十六字だから約千百五十字分、短くなった。半藤一利は、猫が苦沙弥先生の家に行き着くまでが、あっさりしすぎているので、ここらあたりか、という。大岡昇平は、衣服のことが書かれていたのではなかろうか、軍服や顕官の華美な服への批判があったため、虚子がリスクを回避した、という説である。それ以降は、虚子は口を出さなかった。

虚子は、師である子規が唱えた「言葉を飾るべからず、誇張を加ふべからず只《ただ》ありのまゝ見たるまゝに其《その》事物を模写《もしゃ》する」（「叙事文」）という表現法を深化させ、習練を重ねてきた写生文にこだわる。一方、漱石は写生文に時代的限界を感じていた。創作を促す心理的な源泉は同時代の誰よりも豊富で複雑だった。猫の視点という独自な方法と和漢洋にまたがる広い知識と饒舌《じょうぜつ》な文体は、写生文にも既成文壇にもない新鮮なものだった。虚子の不満にもかかわらず、「猫」は新しい世界を切り拓いていった。

漱石は、高浜虚子の短篇小説集『鶏頭』の序文を本人からの依頼に応え、筆をとった。

「虚子の小説は面白い所がある。我々が気の付かない所に趣味を発揮している。（中略）世間ではよく俳味禅味と並べて云う様である。虚子は俳句に於て長い間苦心した男である。従って所謂《いわゆる》俳味なるものが流露して小説の上にあらわれたのが、一見禅味から来た余裕と一致して、こんな余裕を生じたのかも知れない。虚子の小説を評するに方《あた》っては是丈の事を述べる必要があると思う。（中略）虚子は必竟余裕のある人かも知れない」（高浜虚子『鶏頭』序）

3　俳句的小説『草枕』

『草枕』（一九〇六年・明治三十九）は漱石自身が「美を生命とする俳句的小説」と呼んだ作品であり、文中に俳句も盛り込まれ、自らの小説に対する立ち位置を表明しているメッセージ性の高い作品である。

主人公である画工は、「智に働けば角が立つ。情に棹させば流される。意地を通せば窮屈」な世の中で、心を慰めるのが詩であり俳句であると考える。自然の美は、知情意が蠢《うごめ》く俗世を離れて、やすやすと落ち着いた心持ちにさせる。そうであれば、自然の美を眺めるようにこれからの旅で会う人々を眺めてみようと画工は考えた。そして、自らの知情意をなるべく捨ててかかろう、「非人情」になろうと決意する。

画工は、山の茶屋の婆さんから那古井の温泉宿の出戻り娘である那美の噂を聞く。温泉宿に着き、那美と対面するが、那美は人を食った現れ方をして画工を驚かす。大変な美人だ。画工はぐっと惹きつけられる。しかし、「非人情」を決意した旅であり、積極的なアプローチはしない。ただ那美の美を観察するだけだ。そして、その表情に憐憫の情が欠けていることを残念に思う。そうこうしている内に、那美の別れた亭主が現れる。別れた亭主は身を持ち崩してしまい、その挽回のために満州に渡って一旗挙げようとしていた。そのため、那美から餞別をもらいに来たのだ。

一方で、那美の従兄弟も志願兵として満州に行くことになり、画工は、那美の一家と共に駅に見送りに行く。従兄弟を乗せた車両を見送っていると、後の車両から一人の男が顔を出した。男は偶然那美と眼を会わせた。すると男はたちまち車両の中に顔を引っ込めた。男は那美の別れた亭主であった。車両は行ってしまう。その時、画工は那美の顔いっぱいに憐れみの情が浮かんでいるのを発見する。そして「それだ！　それだ！　それが出れば画になりますよ」と那美の肩を叩く。

以上が『草枕』のあらすじである。筋で一貫しているのは、画工の那美への関心、恋と呼んでも構わない感情である。あらすじから読み取れるように、画工にとっての美（那美の表情）が、最後に実現するまでの過程がきれいに構成されている。小説の目的がこのラストにあることは間違いないだろう。最後の「画になりますよ」は、確かに非人情である。ラストシーンは、非人情を誓った画工が、唯一、禁を破って自己を露出させてしまったところであった。その時「非人情」な旅のゲームは終わり、小説も終わった。

俳句の目指す美が普遍的心情だとすれば、漱石が「非人情」と呼んだ意味合いは、はっきりしてくる。「非人情」とは、人情以外の何らかの意味である。決して、不人情ではない。『草枕』の画工が、自らの知情意を捨てて「非人情」な美を求める旅をしようとしたことと重なる。

漱石にとっての俳句と小説の転換点は、俳句が普遍的な民族としての心情を表現しようとする文芸だとした時、小説は、主人公が個人的心情をはなれた普遍的心情の担い手として設定されたということである。普遍的心情というとおおげさだが、知情意を捨ててかかろうとしている主人公なので、現実に身近にいたら、何を考えているのか分からない人物である。何かをやり遂げようとする意欲もなく、忙しない世の中からは、役立たずのレッテルを貼られる人物であろう。現に『草枕』の画工がそうである。小説の背景には日露戦争がある。小国日本の興亡をかけ、人命も金も産業もこぞって消費されていた。そんな時代の最中に、画工は春の湯治場で那美の周りをふらふらしていただけだ。観察眼だけは鋭く、非行動的主人公を生み出したことが、漱石の発明なのだろう。この人物像は、漱石の内なる自画像であろう。そして、その設定が俳句から小説への飛躍の仕方だったのだと考える。俳句から小説への飛躍の幅は大きい。

では、もともと漱石が『草枕』で目指した「非人情」な美とはどのようなものであったのか。それを、漱石自身の俳句で見てみよう。以下は、子規が俳人漱石をデビューさせた明治二十九年の作品の例である。

長けれど何の糸瓜とさがりけり（明治二十九）

どつしりと尻を据えたる南瓜かな（明治二十九）

対象はどれも自然物であり、人情はない。漱石らしいユーモアがあるばかりである。ユーモラスであることを広い意味での美と考えれば、美を実現していると言えなくはない。しかし、次の例はどうだろうか。

寝る門を初雪ぢやとて叩きけり（明治二十九）

寝ているのは作者なのだろう。その門を叩いて初雪を知らせるお節介者がいる。作者の知り合いである。作者は迷惑がりながらも、この知り合いが憎めない情景なのだろう。十七文字の表現は外見こそぶっきらぼうだが、鑑賞される世界は複雑であり、人情が交流する世界である。

永き日やあくびうつして別れ行く（明治二十九）

松山で虚子と別れた時の有名な句である。子規の友人である漱石と、子規の高弟である虚子との、友人でありながらもちょっと距離を置いた位置関係が春ののどかな日和の内に見えてくる。これも人の情だ。
さらに、あからさまな人物こそ登場しないが、物をして情を語らせている句もある。

紡績の笛が鳴るなり冬の雨（明治二十九）
盛り崩す碁石の音の夜寒し（明治二十九）

紡績工場では、女工たちの苦役を機械的な笛の音が制御する。静かな夜更けには、碁石を置く手の動きと音だけがある。微妙な情の広がりがある。
漱石は『草枕』について次のように述べている。

「普通に云う小説、即ち人生の真相を味わせるものも結構ではあるが、同時にまた、人生の苦を忘れさせて、慰藉《いしゃ》を与えるという意味の小説も存在していいと思う。私の「草枕」は、無論後者に属すべきものである。此種の小説は、従来存在していなかったようである。また多く書くことは出来ないかも知れぬ。が、小説界の一部に、この意味の作物もなければならぬと思う。

分かり易い例を取って云えば、在来の小説は川柳的である。穿《うが》ちを主としている。が、此外に美を生命とする俳句的小説もあってよいと思う。尤《もっと》も、在来の小説の中にも、此分子が全然無いと云うのではない。いかにも美しい感じを与えるような所もあるが、それが主になってはおらぬ。汚いものを避けずに平気で写している。で若し、この俳句的小説――名前は変であるが――が成り立つとすれば、文学界に新しい境地を拓《ひら》く訳である。この種の小説は未だ西洋にもないようである。日本には無論ない。夫が日本に出来るとすれば、先《ま》ず、小説界に於ける新しい運動が、日本から起こったといえるのである」（明治三十九年十月「文章世界」）

半藤一利は『漱石俳句探偵帖』（角川選書、二〇〇七）の「『草枕』の隠し味」の章で、『草枕』は漱石が作ってきた俳句を小説にいかそうとした冒険的な作品と捉えて、『草枕』の全編に熊本時代に作った俳句、とくに一八九七年の熊本、小天《おあま》温泉への旅行のときに作られた俳句が作中の温泉の風景などに使われていることを紹介している。「これは几《き》董《とう》調である」の章では、『草枕』文中の俳句を高浜虚子に添削を受けて改作されたが、「これは几董調である」と虚子の助言に従わぬものがあったとし、与謝蕪村の弟子高井几董の句集を漱石は英国留学に携えていると述べている。

4　漱石と京都

水川隆夫著『漱石の京都』（平凡社、二〇一〇）の書き出しによると、

「漱石は、その五十年の生涯の間に四回の京都への旅を試みた。まずその年月と漱石の年齢（数え年）と滞在日数（出発日を含む）とを記しておきたい。

第一回　明治二十五年（一八九二）七月・八月　二十六歳　五日間
第二回　明治四十年（一九〇七）三月・四月　四十一歳　十五日間
第三回　明治四十二年（一九〇九）十月　四十三歳　二日間

第四回　大正四年（一九一五）三月・四月　四十九歳　二十九日間

京都滞在日数は合計五十一日間である」（『漱石の京都』）

漱石は四回京都を訪問している。一回目は、明治二十五年七月七日に東京専門学校（早稲田大学）の講師をしていた頃の夏休みを利用して、松山に帰省する子規と共に初めて京都を訪れた。

次に訪れたのは、明治四十年三月だったが、余程寒かったのか、「日本にこんな寒いところがあるとは思わなかった」と記している。「明治四十年三月二十八日（木）」の日記に「夜七条ニック車デ下加茂ニ行ク。京都ノ first impression 寒イ」と記している。漱石はこの夜、寒がっていた。京の底冷えかもしれないが、それだけではなかった。剣呑としたいらだちにみまわれ、それが京の冷気とかさなった。エッセー「京に着ける夕」の一節に「突然と太古の京へ飛び下りた余は、恰《あた》も三伏《さんぷく》の日に照りつけられた焼石が、緑の底に空を映さぬ暗い池へ、落ち込んだ様なものだ」とある。四十歳の漱石は、東京帝国大学の講師の職を投げうち、小説記者として朝日新聞社に入社するか人生の岐路に立っていた。

この京都滞在中、俳人で小説家の高浜虚子も、たまたま所要で京都を訪れ、漱石と行動を共にする春雨の一日があった。虚子は京都第三高等学校に在籍し、小説『風流懺法《ふうりゅうぜんぽう》』には、茶屋一力での舞子の舞を描き込んでいる。虚子は、菅虎雄や狩野亨吉の案内とは異なる色艶のある京都の情趣を伝えるべく、漱石を連れて平八茶屋（漱石の「日記」、『虞美人草』冒頭、『門』十四に登場）での川魚昼食から都踊り見物、さらに一力の座敷に上がって芸妓や舞子と遊ぶ一夕《いっせき》へいざなったという

三度目は明治四十二年秋に当時の満州・朝鮮を旅行した帰りの途中訪れている。

四度目は大正四年三月に訪れ、磯田多佳《いそだたか》（一八七九〜一九四五）に出会った。多佳は十代で芸妓となり、二十三歳で母の家業を継ぎ、夏目漱石をはじめ谷崎潤一郎など多くの文学者と交流し、「文学芸妓」と呼ばれるようになっていた。しかし、出会った当時、漱石は四十八歳で、多佳は三十六歳だった。これより約十年前に多佳は芸妓を辞め、浅井忠か

ら依頼されて浅井の経営する陶器店「九雲堂」を手伝っていた時代がある。多佳はその店で自ら絵付けをして出来た湯飲みを漱石へ人づてに贈っている。漱石は自分の愛読者たちが当時から京都にいることを日記に書いている。浅井忠は漱石の英国留学時代に付き合いのあった洋画家であり、多佳と漱石とは全くの無縁の間柄ではなかった。

その縁が急に接近したのはこの大正四年の京都旅行であった。旅のきっかけは、鏡子夫人が津田青楓へ漱石を保養がてらに連れ出して欲しいとこっそり依頼したのだ。鏡子夫人が夫の持病であった胃病の好転をねがって、ゆったりとした京都旅行をして来てほしいと津田に話したことを、漱石はもとより知る由もなかった。

漱石が日本画を描くに当たってよい相談相手になり、漱石の心酔者であった津田青楓が故郷である京都に住居を移したこともあって、漱石の保養を兼ねた旅が実現した。この当時、多佳は母の経営するお茶屋「大友《だいとも》」を継ぎ女将となっていた。かねてからひそかに尊敬し愛読していた文豪の上洛である。津田の仲介により、漱石が宿にしていた「北大嘉」に声がかかった幸運に多佳は感激した。そもそもの出会いがいわゆる遊里の芸妓と旦那客といった関係でなく、漱石は終始同じ人間として親しみ深い態度で接した。滞在中、漱石はひどく体調を崩し、鴨川を隔てた「大友」に二晩も寝込む事態になった。多佳はかいがいしく看病した。病気が落ち着くのを待って漱石は京都を離れた。二十九日間の京都旅行の後、漱石は磯田多佳が北野天神梅見の約束を守らなかったこともある多佳に俳句を添えた手紙を書き送った。その句碑が京都鴨川の御池大橋西詰にある。

「木屋町に宿をとりて川向の御多佳さんに
春の川を隔てて男女《おとこおんな》哉　　漱石」（大正四）

この句には、なにか天の川を隔てて男が女を想うロマンがあると見る向きもある。確かにどこか甘美な響きがある。また一方、漱石は男と女の間にある隔て、心理的な溝の存在を示唆しているという見方もある。そのどちらの見方も真実であろう。漱石の作品は読者がそれぞれに受け取ることを想定して書かれており、作者の主張を表現していないからである。後者の見解は、この句が書かれた時、漱石は多佳が梅見の約束を守らなかった時に作った句であるが故にその心の間隙を詠んだものと見ている。漱石が立腹したことがあったにせよ、京都の地で親身になって世話をしてくれた祇園の女将である多佳に、感謝の気持ちでこの句を書いたのだと思う。

第八章　英語俳句・Haiku と漱石俳句の Haiku

1　英語俳句・Haiku

（1）英語俳句・Haiku とは?

俳句は言語への気づきを与え、語彙力増強、感性や創造性を培う効果がある。俳句で留意すべき点は、①簡潔性を追求すること、②季節感を大切にすること、③五—七—五音節で書くこと、④一句の中に「切れ（字）」（や、かな、けり）を一つだけ入れること、⑤考えや思想や概念よりも、物を提示する詩にすること、⑥説明文や散文にならないようにすること、である。

一方、英語俳句の異なる点は、①季節感は日本（語）と外国（語）では異なるので、季節の感じが出ていればよいこと、②一行書きの日本語俳句と異なり、三行書きにするのが普通。五—七—五音節だと盛り込む内容が多くなり過ぎるので、二—三—二音節くらいである。英語俳句の場合は基本的に音節で数える。音節とはつまり母音の数である。たとえば、“telephone”、発音する母音が三つ、発音されない語尾の母音が一つなので、三と数える。③「切れ字」は！やダッシュやコロンなどで表すこと、である。

筆者の句を例としてあげよう。

「半月や涼しく寂し虫の声」

A half moon!
Cool and lonely
Singing of insects（by　Mikio Itoh 2016.9）

（2）俳句の英語翻訳例

日本の文化である俳句は世界最短の定型詩として世界中で人気を博している。その過程で日本の名句も翻訳されているが、訳者によって選び抜かれる言葉は様々で、それぞれの感性や個性が色濃く反映されている。そして、それを知ることは日本語、日本文化を客観的に知ることにつながる。次は、芭蕉の俳句の英訳である。

◎「古池や蛙飛び込む水の音」（松尾芭蕉）

Old pond / Frogs jumped in / Sound of water.（小泉八雲　[Lafcadio Hearn]）

The old pond, Aye! / And the sound of a frog / leaping into the water.（Basil Hall Chamberlain）

The ancient pond / A frog leaps in / The sound of the water.（Donald Keene）

The old pond. / A frog jumps in / Plop!（Reginald Horace Blyth）

An old silent pond... / A frog jumps into the pond, / splash! Silence again.（Harry Behn）

◎「静けさや岩に滲み入る蟬の声」（松尾芭蕉）

What stillness! / The voices of the cicadas / Penetrate the rocks.（Reginald Horace Blyth）

Ah, tranquility! / Penetrating the very rock / A cicada's voice.（Helen Craig Mccullough）

◎「春の海ひねもすのたりのたりかな」（与謝蕪村）

Spring ocean / swaying gently / all day long.（三浦ダイアン、三浦清一郎）

（3）英語俳句・Haiku は世界のアート（国際俳句交流協会：HIA など）

国際俳句交流協会（Haiku International Association）は、一九八九年に俳人協会、現代俳句協会、日本伝統俳句協会の支援を受けて設立され、国内外の俳句交流の窓口の役割を果たしている。俳句大会、シンポジウム・講演、機関紙「HI」を通して会員に国際交流の場を提供し、国内では三協会の交流の場となっている。二〇一三年現在、国際俳句交流協会の会員は、国内約五百名、海外約百二十名（アメリカ約六十名・フランス約二十名・ドイツ約十名）。欧米ではアメリカ・ドイツ・イギリス・イタリア・オランダ・ベルギー・フランスなどで俳句が盛んに行われている。アジアでは中国をはじめ、台湾・韓国・インドなどで普及している。

日本の俳句の魅力を最初に見出した西洋人は、十九世紀の終りに俳句を書いて訳したギリシャ系アイルランド人のラフカディオ・ハーン（小泉八雲）である。また、二十世紀のはじめ、日本語以外の言語で詠まれた五―七―五の短詩の最初の詩集を著したのは、フランス人ポール・ルイ・コーシュである。これら二人のヨーロッパ人が、二十五以上の言語、四十以上の国々で俳句を作ることを始めた、「国際俳句」ブームの元祖だったと考えられる。現在、世界中で俳句組織は約四十ヵ国に設立され、ほとんどの団体は毎年、大会を開催している。また、国際会議やコンテストで、俳句は二十五もの言葉で詠まれ、共有されている。

年々生み出される俳句の大多数は日本語で詠まれている。しかし、この二十一世紀には、次に最も多く使われる言葉は英語である。ほとんどの世界中の新俳人は、英語を彼らの俳句やその訳のための言語として選び、外務省と駐日欧州連合（EU）代表部は、「素敵な出会い」（Wonderful Encounter）をテーマに二〇一四年（平成二十六）第五回日EU英語俳句コンテストを開催している。

二〇〇九年十二月に俳句愛好家として知られるヘルマン・ヴァンロンプイが初代常任議長に就任した。彼は、二〇一一年と二〇一三年に自国ベルギーで句集を出版し、「ハイク・ヘルマン」の愛称を持っている。また、在任中には日・EU定期首脳協議（サミット）の場など、折に触れて日・EU関係や日本をテーマとした句をいくつも詠んでいる。議長在任中の過去五年は、外務省の発案で始まった「日・EU英語俳句コンテスト」が毎年開催され、俳句を通した日・EU交流も進められた。

ヘルマン・ヴァンロンプイ前欧州理事会議長が、二〇一五年六月二日、岸田文雄外務大臣から「日・EU俳句交流大使」の委嘱（二年間）を受けた。外務省によると、「俳句愛好家として、俳句を通じた日本文化の理解促進、日欧関係の強化に貢献していることから、これまでの功績を踏まえ、これらの分野で引き続き協力を得る」ことが委嘱の理由。委嘱にあたり開催されたレセプションでは、岸田外相が「日欧の親交ひろむ薫風や」、ヴァンロンプイ前議長が「詩人らは生と自然を和の願い」および「山々の森明暗に俳句満つ」の二句を詠んでいる。

2　漱石俳句の Haiku

重松《しげまつ》宗育《そういく》（一九四三・昭和十八〜）は、臨済宗妙心寺派の僧侶、英米文学研究者、欧米への禅の紹介に努める翻訳家、著述家である。長く静岡大学でアメリカ文学を教え、一九八五〜六年、フルブライト研究員としてサンディエゴ州立大学、カリフォルニア大学デーヴィス校を拠点に、アメリカ各地で講演を行った。一九八七年、アメリカン・ポエトリー・リビュー賞（アメリカ・ワシントンＤＣ）を受賞した。彼は、夏目漱石の俳句の英語翻訳として、*Zen Haiku: Poems and Letters of Natsume Sôseki*（New York: Weatherhill, 1994.10）の著書を出している。また、インターネット上の Terebess Asia Online（TAO）「*Haiku of Natsume Sōseki translated into English & French & Swedish {Haiku of Natsume Sōseki Translated into English & French & Swedish}*」もある。その中からいくつか例をあげよう。

No. 19（1891）　柿の葉や一つ一つに月の影（Tr. Sōiku Shigematsu）

　Persimmon leaves:
　　On each,
　　　Moonlight.

No. 153（1895）　初夢や金も拾はず死にもせず（Tr. Sōiku Shigematsu）

　New Year's dream:
　Not about finding money
　Or about death.

No. 162（1895） 煩悩は百八減って今朝の春（Tr. Sōiku Shigematsu）
Gone with the bells
A hundred and eight illusions:
New Year's morning

No. 702（1896） 雨晴れて南山春の雲を吐く（Tr. Sōiku Shigematsu）
The rain is over:
South Mountain puffs out
Spring clouds.

No 884（1896） 明月や丸きは僧の影法師（Tr. Sōiku Shigematsu）
Full moon
Round is the shadow
Of a Priest's Head

No. 885（1896） 酒なくて詩なくて月の静かさよ（Tr. Sōiku Shigematsu）
No sake,
No poem,
Silence of the moon!

No. 953（1896） 秋高し吾白雲に乗らんと思ふ（Tr. Sōiku Shigematsu）
High autumn sky:
Wish I could ride
The white cloud.

No. 1071（1897） 落ちさまに虻を伏せたる椿哉（Tr. Sōiku Shigematsu）

In its fall
Trapping a worm:
A camellia blosssom.

No. 1098（1897） 菫程な小さき人に生れたし（Tr. Sōiku Shigematsu）

Wish I could be
Reborn as small a man
As a violet.

No. 1327（1897） 行く年や猫うづくまる膝の上（Tr. Sōiku Shigematsu）

Passing year:
Our cat squats
Down in my lap.

No. 1793（1900） 赤き日の海に落込む暑かな（Tr. Sōiku Shigematsu）

A red sun
Falls into the sea
What summer heat!

No. 1886（1906） 花の影、女の影の朧かな（Tr. Sōiku Shigematsu）

A flower shadow
Creeps and overlaps
A beauty's.

No. 2131（about 1910）　秋風やひゞの入りたる胃の袋（Tr. Nori Matsui）

Autumn wind!
A fissure cracked into
My stomach wall

No. 2148（1910）　生き返るわれ嬉しさよ菊の秋（Tr. Sōiku Shigematsu）

My life recovered.
How happy I am!
Autumn in chrysanthemums.

No. 2155（1910）　生きて仰ぐ空の高さよ赤蜻蛉（Tr. Sōiku Shigematsu）

Again I'm alive!
The height of the sky,
A red dragonfly.

No. 2214（1910）　肩に来て人懐かしや赤蜻蛉（Tr. Sōiku Shigematsu）

Coming onto my shoulder,
Are you seeking a friend?
Red dragonfly.

No. 2242（1910）　有る程の菊抛げ入れよ棺の中（Tr. Sōiku Shigematsu）

Throw please, everyone,
All the chrysanthemums
Into the coffins!

No. 2430（1914） 酒少し徳利の底に夜寒哉（Tr. Sōiku Shigematsu）

Small amount of sake
Remains in the bottle:
Hill of the night.

No. 2475（1916） 春雨や身をすり寄せて一つ傘（Tr. Sōiku Shigematsu）

Spring rain:
Clinging to each other
Under one umbrella.

No. 2484（1916） 秋立つや一巻の書の読み残し（Tr. Sōiku Shigematsu）

Autumn’s already started:
There remains a book
Not yet read through.

あとがき

百五十年前に生まれた夏目漱石は、実の両親と養子の親である塩原夫妻との「三角関係」という不遇な幼少期を送った。その境遇から、現代社会で問題となっている「うつ病」「神経衰弱（精神疾患）」を発症し、自らの子供に対して「ＤＶ」・「幼児虐待」をした。少年期と青年期には時代の変化に対応し、東西文明の文化と言語（漢文・日本語・英文）における「三角関係」で心がゆらぐ葛藤をした。二十代後半から英語教員となり、三十三歳から二年間の自分を見つける旅となった英国留学では、時代・世相転換期（十九世紀から二十世紀への転換期）のはざまで東洋・西洋欧米文化と日本文化との相克があった。その「不愉快」な経験が「ひきこもり」や「胃潰瘍」などの病の原因となった。職業選択で教育者・英文学者・作家の「三角関係」で葛藤したが、結局四十歳の時に朝日新聞に入社し専属作家となった。男女「三角関係」小説など多くの作品を執筆し、ほとんどがベストセラーになり、現代でも国内はもとより海外でも読み継がれている。生き方や病気で苦悶し、こころの「三角」、三かく（恥かく、汗かく、もの書く）で激動とゆらぎの時代を生き抜いた夏目漱石が、変化の激しい格差社会の現代に通じる先見性や現代性を持ち、現代の読者や作家たちに強い影響を与えていることを作品や書簡、文献などから明らかにした。漱石は時空を超えて現代に蘇り、現代人に生き方の助言を与えている。

夏目漱石と交流・関わりがあり、強い影響を受けた山形県庄内地方輩出の文人の中の丸谷才一、藤沢周平と、現代作家で話題の村上春樹にスポットをあてて夏目漱石の現代性を論及した。夏目漱石と交流し影響を受けた庄内の文人たちや現代作家村上春樹について理解を深め、彼らの作品や生き方を参考にして心を耕し、経験を積み、心豊かな人生を送っていただければ幸いである。また、多くの人が山形県庄内地方に足を運び、食や文化に触れて、庄内地方の歴史・伝統文化の再発見をすることを期待したい。

最後に、本書の刊行にあたり、丁寧に拙稿を読み、適切なご助言、お力添えやご高配をいただきましたはるかぜ書房代表取締役の鈴木雄一氏、編集の村上悠恵氏はじめ関係者の皆様に深謝申し上げます。

二〇一八年一月

伊藤美喜雄

著者略歴：伊藤 美喜雄《いとう みきお》

1948年（昭和23）山形県鶴岡市生まれ。1972年（昭和47）埼玉大学教育学部卒。元山形県公立高等学校校長・元山形県立博物館館長。
現在、大学非常勤講師等（国立大学法人山形大学農学部・山形県立産業技術短期大学校庄内校非常勤講師、酒田市生涯学習施設「里仁館」の講座講師）
著書に、『知性・品性・感性を育てる教育―4Cの力で未来を拓く―』2010.4.（学事出版）、『夏目漱石と東北―進化する漱石・悩み抜く力―』2011.4（北の杜編集工房・文庫本）、『夏目漱石の実像と人脈―ゆらぎの時代を生きた漱石―』（花伝社、¥1,700＋税、2013（平成25）,10.25刊）などがある。

装丁背景：Tomofumi Sato
http://www.panoramio.com/photo/48490760

現代《げんだい》に生《い》きる夏目漱石《なつめそうせき》

平成30年2月10日　初版第一刷発行

著　者：伊藤 美喜雄《いとう みきお》
発行者：鈴木 雄一
発行所：はるかぜ書房株式会社
　〒140-0001 東京都品川区北品川1-9-7-1015
　TEL 050-5243-3029　DataFAX 045-345-0397
　info@harukazeshobo.com　http://harukazeshobo.com
〈印刷・製本所〉東京カラー印刷株式会社
ISBN 978-4-9908508-2-1
